撮影●橋口譲二

口からうんちが出るように手術してください

小島直子

コモンズ

もくじ●口からうんちが出るように手術してください

装幀・イラスト　日高眞澄

第1章　NAOKOの24時間

1　5時29分の壁

●おしっこ、したい

シルク入りの超お気に入りのカーテンをピシッと閉めておかなかったから、ほんのわずかな隙間から、迷惑な朝日がさわやかに差し込んできた。5時29分。真っ暗な部屋に透明な一条の光。この光のビーム光線に、目がさめたくなくても、さめてしまった朝。昨日の夜、目ざまし時計の針を6時ジャストにセットしたが、完璧に目は開いてしまった。「やばい、あと31分もある」と、心の中でひとり思う。嫌な戦いの始まりだ。

昔から、「目がさめる＝おしっこがどうしてもしたくなる」という方程式が宿っているけれど、おしっこをひとりですることはできない。だから、とても大変なことになる。でも、仕方がない。不気味にも足音もたてずに迫りくる現実から、一生懸命に気を紛らわせようと、泊まりに来てくれている友達と布団に入ってから話したことの記憶に挑戦。今からボケ予防なんて……。眉間《みけん》にしわを寄せながら思い出してみたり、枕の模様をていねいになぞったりしてみる。すごく時間が経った気がして、楽しみに時計を見る。5時33分。「ウソだ、そんなはずはない」と叫びたくなるくらい、時間は足踏み状態。

月に数回の貴重な休日前夜に来てくれた友達を起こすことだけはできるだけ避けたいと、一方的に変な優しさが働いてしまう。だから、懸命に、我慢する次なる手段を考える。その結果、閃《ひらめ》いた案は体位変換だ。膝を曲げて横向きに寝ているポーズがお腹を圧迫しているにちがいないと決めつけ、刺激しないようにそーっと伸ばして、仰向けになってみる。ちょっとだけ、スーッと何かが下りていった。よし！　だけど、ほんの一瞬の喜びだった。頭の中を空っぽにしようと思えば思うほど、おしっこがどうしてもしたくなってくる。時刻はまだ、5時43分。

あと17分すれば、ピコピコと目ざまし時計がさわやかに起こしてくれる。そうしたら、何事もなかったように、「おはよう」と言えばいい。頑張ろう。でも、〝起こしてくれる前に先におしっこに行かれてしまったら、また3分延長だな〟と考えると、かなり不安だ。もう少しだからと、自分に活をいれる。

もし限界に達して、「ほんとにごめんね、おしっこいいかな」って声をかけたら、ビクッて飛び起きてくれるんだろうな。そしたら、おしっこジョー。すっきり。快適。笑顔&幸せ。だけど、できない。起こせない。かわいそすぎる。そんなことを考えているうちに6分経過。

◎我慢の限界、切ない後悔

何だか、口のあたりが酸っぱくなってきた。じっとしていられずに、思わず腹ばいになって、ベッドの上から床に布団を敷いて寝ている友達を覗《のぞ》き込む。昼間の活動チャンネルのときはあんなにパワフルな彼女も、爆睡時にはこんなにも無防備なのかというほど、口を開けて、片足を布団から出している。微笑ましい姿だが、眺めている余裕はない。そろそろ我慢できなくなってきた。限界は近い。

とりあえず、小さな声で名前を呼んでみる。びくともしないことに、ちょっと焦る。

「ごめんね。おしっこお願いできるかな」と優しくささやく。依然反応なし。5時50分だ。

「もうこうなったら、10分前もいっしょだ」と一気に開き直りの境地に突入し、大声で直球攻撃。「おしっこ！」

切羽つまった思いは、自分でも信じられないくらいの大声を生み出し、かわいそうなくらいに、すっ飛んで起きてくれた。

電動昇降ベッドの真横にセッティングしてある、ウォシュレット付きポータブルトイレでおしっこをするのだが、無理矢理目ざめさせられてしまった友達は、半分ゾンビ状態でまだボーッとしている。とにかく転ばせないようにと懸命だ。力ずくで身体をギュッとつかんでくれるから、苦しくて、思わず出てしまいそうになる。

「あと少しだから。もうちょっとで、すっきりするから……」と、自分の気持ちをうまくコントロールして、やっと便座へおしりが到着した。ものすごい勢いの放尿に、幸せを感じられたのは、5時59分。トイレットペーパーをくるくるとしてくれているそのときに、ピコピコの音。この音を聞いた瞬間の後悔は切なすぎる。

「結局、起こしちゃったんだから、我慢なんかしないでもっと早く伝えればよかった」

年に数回は同じような状況に遭遇しているが、この日を契機に、5時29分をひとつの判断基準にした。経験上、この数字はけっこう正確だったりする。車の騒音、雨上がりの朝日や、ときには友達のいびきなどで目がさめてしまって、いつものようにおしっこがしたくなる。そんなときの最大我慢可能時間は30分。つまり5時29分よりも1分でも前に目ざめたら、何が何でも起こし、その後ならギリギリまでは我慢してみることにしている。

生理現象は、どうあがいてもどうにもならないから、無理はしない。5時29分の壁は、どこまでも深く、果てしない。

2　ウォッシングとペインティング

●4つの準備

朝は弱いほうで、目ざめてから少なくとも30分くらいはボーッとしてしまう。

賃貸マンションだから、できるだけ壁や戸を傷つけないように、寝呆《ぼ》けながらも慎重に運転している。あちらこちらのコーナーにぶつかりそうになってはあわて、靴とこれから捨てられるごみのあふれる玄関を巧みに通り抜け、ミニミニスロープを登りきって、やっと洗面所に到着する。

洗面所の下のパイプが隠れている扉は、いつだって全開にしてある。電動車イスのままでアプローチできるように、開けてあるのだ（お客さんが来るときは閉めるだけの、改造費ゼロ円の簡単な住宅改造）。そこに電動車イスをスタンバイさせて、すべては始まる。

ちょうだいの手のポーズができないから、水がすくえない。歯も顔もお任せして洗ってもらえば簡単で楽だし、時間もかからない。でも、たとえびっちょびちょになっても、時間がかかっても、やっぱりひとりで磨いたり洗うのが一番気持ちいい。４つのことを準備

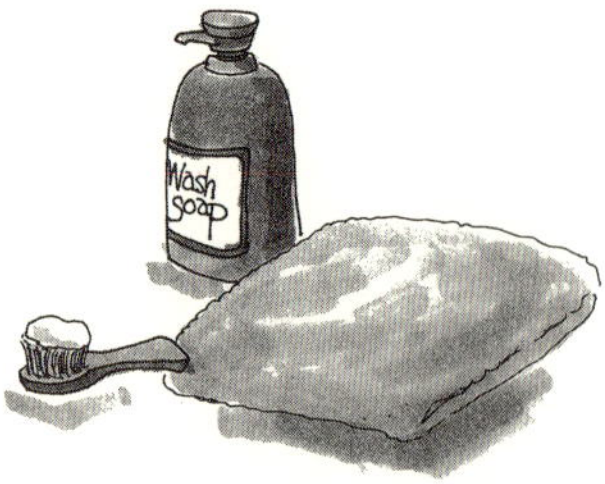

してもらえば、あとは大丈夫。
電動ハブラシに歯磨き粉をつける。
洗顔ブラシに洗顔フォームをつける。

クリネックスティッシュのペーパー2枚を二つ折りにする。20cm×20cmのハンドタオルを引出しから取り出す。

洗面行程を見られていると、緊張してしまう。友達には、身仕度や、ヤカンでのお湯沸かし、簡単な掃除（窓を全開にしてクイックルワイパーで床掃除など）をしながら、部屋で待機していてもらう。

◎歯磨きの友は電動ハブラシ

洗面所で激しく行われている約10分の洗面タイムは、まずはハブラシでシュラシュシュシュから始まる。以前は普通のハブラシを使っていた。だけど、手首の力がほとんどなく可動範囲も限られている状態で、手を動かさずに頭を激しく左右や上下に動かして磨いていたから、鞭《むち》打ち症になりそうだった。とにかく歯を磨き終わると、目が回って気持ちが悪いくらい。

顔も含めた頭を超過激に振って、歯を磨いていた高校生のころは、両サイドの髪に歯磨き粉が見事に飛び散ってしまう。それが汚い気がして、嫌で、十分すぎるくらい流しては、びちょびちょのままの髪で登校していた。しかし、不思議なことに、時間が経つごとに、怪しげに白く浮き上がってくるものがある。クンクンと匂いを嗅《か》ぐと、間違いなくそれは、しつこくも歯磨き粉だった。こっちは恥ずかしくてみんなにバレないようにとうつ

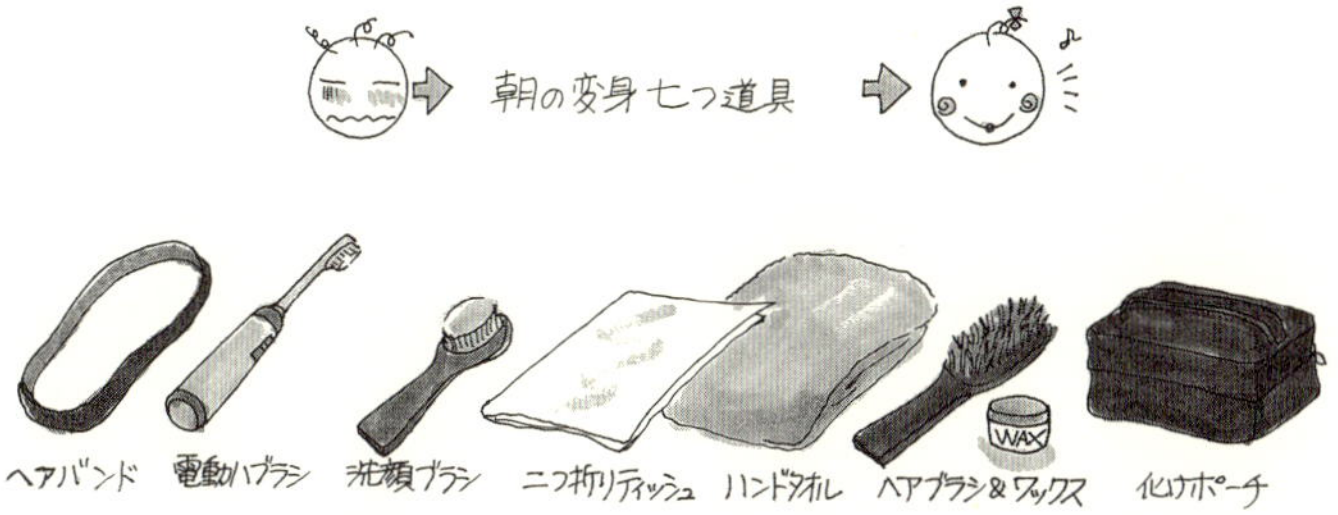

むき加減なのに、ヤツはいつだってさわやかな香りを漂わせていた。辛い記憶。

できないことができるようになったり、くだらない出来事が行動に進歩をもたらしたりする。くだらないことが始まりだからこそ、いいのかもしれない。

でも、今は違う。暗い過去から大脱出して電動ハブラシに切り替えたから、華麗に磨けている。歯磨き粉をたっぷりとつけた状態のハブラシを静かに口にくわえてから、電動スイッチボタンをオンにする。よだれをたらさないように、唇をぎゅっと閉じたまま、ていねいに上と下、歯の裏っ側、奥の奥と磨き進めていく。取り出すときだけは、絶対に守らなきゃいけない順番がある。もし、スイッチを止めないまま口からそれを取り出したとしたら、もう大騒ぎ。顔や服、鏡やあたり一面は、瞬時にして水玉の世界になってしまうにちがいない。というか、経験上そうなる。だから、スイッチボタンをオフにしてから、穏やかに取り出すことにしている。大切な順番。歯だけは、やっと磨けた。

●洗顔テクニック

次は洗顔だ。電動車イスのコントローラー（車イスを操作するためのレバー）に常に掛けてあるヘアバンドを取り出して、すっぽりと首までかぶる。口びるでヘアバンドをつまみ、顎《あご》に引っ掛けてから頭のほうまでゆっくりと人差し指一本で伸ばし、そのまま上に持ち上げていく。は〜い、デコピンのできあがり。準備は整った。これで完璧だ。

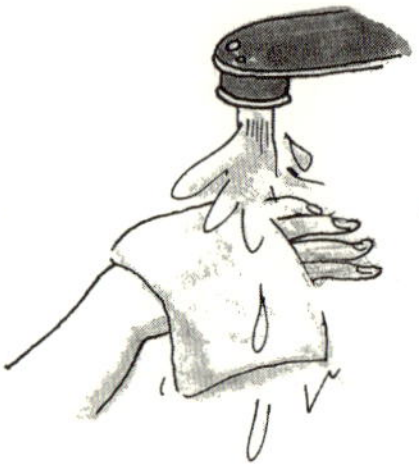
左手の甲の中央に
ティッシュをのせて
自家製ぬれティッシュ!!

手の甲で顔を全体的に濡らして、洗顔ブラシの洗顔フォームを泡立てる。右手にブラシを持ち、洗面器に〝こんにちわ〟の状態で、顔を激しく動かす。ブラシが目に入ったり、泡が鼻に入ってツンとしたりと忙しいが、綺麗になれるためだと言い聞かせて、さらに洗う。泡がポタポタと洗面器に落ち始めたら、もうクライマックスは近い。最後にチャームポイントの団子っ鼻をていねいに洗うのが、自分の中でのお約束。

納得いくまで洗ったら、鏡に向かって、そーっと目を開ける。決して瞬きはしない。パチッとしたまま、二つ折りにしたクリネックスティッシュ2枚を左手の甲にのせ、20㎝×20㎝のハンドタオルは膝の上に環境設定する。やわらかいティッシュをのせた左手を、そっと蛇口まで運び、水を含ませるのだが、ここで大切なのは水の加減。あまりパチパチできない状態での調節は、かなりのテクニックと経験が必要になってくる。水の勢いが強すぎると、ティッシュは無残にも砕け散ってしまう。ほどよい加減は10分の6・5の水勢だが、一発でぴたっとくることは、まずないに等しいくらい難しい。

ティッシュは、絶対に二つ折りがいい。これを左手の甲の中央にのせ、あの勢いの水で濡らし、あとは一気に行動する。とりあえずは左目付近を集中攻撃。泡が残っているとものすごく痛いから、恐る恐る左目を開放させ、何度も鏡を見ながらていねいに、急いで自家製ウオーターティッシュで洗い流していく。このティッシュの始末は実に簡単で、洗面器の縁に押し当ててギュギュギュッとして、ごみ箱にポン。何か大きな仕事をやり終えたばかりの満足感に似てるなと思いながら、用意しておいたハンドタオルで得意気に顔を拭く。

「化けポーチ」登場

化けポーチとは、する前とした後とではまったくといっていいほど別の顔になることができる〝もの〟が入っているポーチということから、自ら命名。本人は、なかなか気に入っている。愛用のポーチは、友達からのバースディプレゼントでけっこうかわいいのに、なぜか干支の龍と鈴が付いている。変身アイテムは、すべてこの中に用意されている。

化粧水、乳液、美容液は、重たいガラスのビンに入っている場合が多いが、今ご愛用のメーカーの製品は、少々弾力のあるプラスチックのような容器に入っている。選んだ一番のポイントは、軽いこと。そして、落としても割れないこと。うっかり倒しても、ドバッと流れ出ないぐらい口が小さいなどのメリットも光っていた。使い続けてもう3年。

化粧水の蓋を開けるとき、最初のひとひねりは、歯の力を借りている。ガシッと上下の歯でフタを噛《か》み、顔ごと右へひねる。少しゆるんだら、あとは左手で開け、ビンの口にコットンを当て、ぴしゃぴしゃ濡らして顔へ。美容液は、少しドロッとしているから、手の甲に直接つける。ファンデーションのコンパクトは、膝の上に垂直に置き、金具を押し当ててパカッと開ける。洗面所の余白スペースにそっと置き、ゆっくりと納得のいくまで塗っていく。

これでもかって
いうくらい
めいっぱい
詰めてます!
FOUNDE
化け
ポーチ

次は眉の調整。本物に偽物を描き足して仕上げる。女って恐い、ウフッ！と思いながらも、上出来な仕上がりにうっとりする毎朝である。目はチャームポイントだから、さらに手を加えていく。パールのシャドウにブルーのアイカラー。まつ毛の下地クリームに本物マスカラ、そしてたまに刺さっちゃって痛い思いをするマスカラ専用ブラシで整えて、嘘に嘘を重ねる。

最後は口紅。キャップをはずして、電動車イスの肘置きの上で転がすと、指でひねらなくてもニョキニョキと口紅は生まれてくる。あらかじめペンシルで唇の外枠を縁取りしてあるところに、筆ではみ出さないようにていねいに塗って、さらにグロスも重ねる。女優みたいなピッカピカの唇に大満足だ！　鏡に向かってにっこり微笑むことが習慣。今日も可愛いぞ！って自信をもつのである。

変身の最後を飾る小道具は、香水だ。お気に入りはtommy girlとENVY。容器が重すぎて、ビンを持ち上げ、手でスプレーはできない。代わりに顎を使う。首をめがけて、シュッとひと吹き。いい香りのなか、流れ滴《したた》る水滴を急いで手の甲に移し取っては、機敏に耳の裏や手首にも塗り移す。

仕上げのドライヤーは、命の次に大事な前髪だけでＯＫ！　後ろ髪はどんなに跳ねていても、ヘアーワックスという強い味方くんがいる。これをヘアーブラシにちょちょっとつけて、とかせば、これまたＯＫ！

すべてが完了したとき、鏡に向かって、笑顔で大きくうなずいてしまう自分が、今日も好きだ。

●口からうんちが出るように手術してください

大変な思いをした朝は、何時間も前から起きている気がする。お腹はおしっこでめいっぱい膨れていたから、何だかそれだけで、お腹いっぱいな錯覚さえする。おまけに、ちょっと気持ちが悪い。でも、空腹も隠せない。身体は気持ちよりも正直で、キュルキュルと合図音がしてきた。「何か食べたいよ」と、お腹の中から誰かが呼んでいる。

ところが、朝食を抜かなければならない、かわいそうな理由がある。それは、うんちだ。食べれば出る。これは仕方がないとわかっていても、一日の水分や食べ物の摂取量と深く関係してくるから、厄介だ。

朝ご飯を食べれば、生理現象として、数時間後にはしたくなる。でも、ひとりではできない。いつも誰かがいっしょとは限らないし、外出先のトイレがすべて使えるわけではない。だから、食べたくても、食べられないのである。不安感が先走り、それに負けてしまう。それを証明するような、フワフワじゃなくてズシズシと甦ってきてしまう苦い思い出。

数年前のある夏の日、仕事で渋谷にいた。冷房の冷えも手伝ってか、もっとも恐れていた事態が発生した。突然、襲ってきた下腹部の痛み。キリキリーッ。これは紛れもなくゲリピー現象である。時計の針は10時になるかならないか。「郵便局に行く用はないですか」と気の利いたようなお使いを自ら申し出て、外に出ることで気分転換をはかる。電動車イスの揺れがプラスに出るかマイナスに出るかは、賭けだ。

街の中を歩きながら、優しそうな人を見つけておく。それだけでも、ちょっとは安心する。外と人は、見えない力をもっているらしい。小康状態になって浮かれ気分で会社に戻り、エレベーターに乗った途端、再発してしまったが、なんとか午前中は切り抜けた。

昼食はサンドイッチとコーヒー牛乳にしたのだが、これがまた大失敗で、排出希望物がさらに加算され、お手上げ状態。最後の手段として、母に電話。事情を説明したら、「すぐに行く」と言ってくれたが、会えるのは1時間後になってしまう。どんなふうに我慢したかは、もう覚えていないけれど、冷汗と鳥肌と祈りに包まれていた記憶はある。母に1分でも早く会いたくて、顔を見て安心したくて、渋谷駅方面に向かったものだ。

この次の日から、朝食を抜いている。食べないことに慣れておく習慣づけも欠かせない。そういう身体にしておく。いつでもどこへでも行けるように、一定時間はおむつだけで過ごせるように、自己管理している。

「口からうんちが出るように手術してください」って、病院の先生にどれだけ頼みに行こうと思ったかわからない。毎日のことだから切実な課題だけれども、なかなか簡単に解決のつけられない難問だけれども、今は自分でコントロールしていくしかない。今日も、そして明日からも。

●ラストスパート

目ざまし時計が鳴ってから、玄関を出るまでの約1時間。友達といっしょに玄関を出る朝は、サバイバルだ。同級生のあの子とあの子が結婚しただとか、会社の人の熱烈な不倫話とかで盛り上がったりしていた昨日の夜の、ゆったりくつろぎモードとはまったく違う。事態は一転して1分が勝負で、それが狂うとすべての行動がずれてくるから、家を出る時間もあらかじめ10分くらい余裕をみて伝えておく。指示を出すときは、1秒でも時間を無駄にしないようにと、自分の行動を頭の中で整理する。また、ひとりひとりの洗面や化粧にかかる時間を計算しつつ、相手の行動パターンやスピードなども加算して、行動順序を組み替えたりもする。

互いの身仕度をして、出かける直前にすることは、やっぱりトイレ。部屋のポータブルトイレで用を足している間に、準備してもらうものは、次の3つ。

外に置いてある電動車イスを玄関に入れる。

押入れからおむつを取り出し、室内用の電動車イスに広げて敷く。

ベッドに、着ていく服を並べておく。

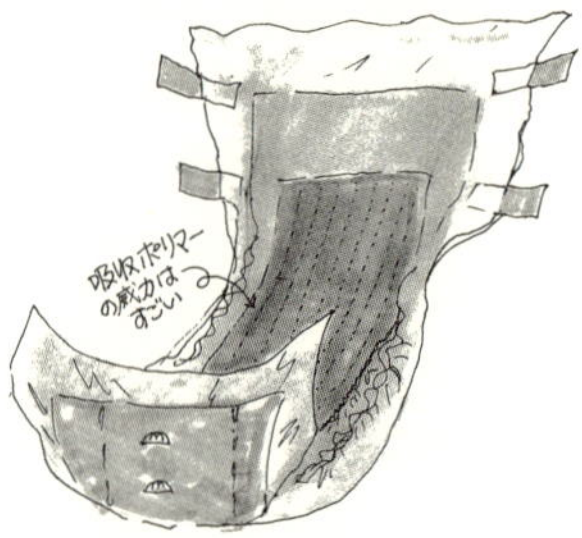

おしっこが出たら、「いいよー」って大きな声で呼ぶ。同時に元気に現れてくる友達は、すっかり化粧も終わり、外出用の顔に仕上がっている。

身体を前かがみにして、おしりを拭いてもらいやすいように待っている。

人によって拭き方はみんな違う。トイレットペーパーをボールみたいに丸めて、ポンポンって軽く叩くように拭いてくれる人や、死ぬほどギュッと拭く人もいれば、ミシン目に沿って切った小さな紙をていねいに九つ折りにする人もいる。「この人はこうだったっけ」と拭き加減を記憶してひたすら我慢するとか、「もう一回拭いてくれるかな」とお願いしたり、いろいろだ。

パンツをはかずに、スッポンポンのまま広げてあるおむつにおしりを置く。化粧はばっちりに上半身も正装しているのに、下はあれっ！ていうスタイルは、恥ずかしいを超えてけっこう面白い。

フットレスト（電動車イスの足置き台）に両足を乗せて、一瞬おしりを浮かして突っ張れている間に、太股の間から前半分のおむつを上に引っ張り出す。タイミングと力加減が大切だ。このおむつも、ただテープを留めればいいわけではない。漏れないように、かたよらないように、緊張は続く。４つあるテープのうち、下の２つから留めていく。このとき欠かせないのは仮留め。短時間に、できるだけ左右均等にするのが目標だから、とても大切だ。この間もはだしで突っ張りながら、おしりは浮かせているから、急がなきゃ。

そして、いよいよ本貼りの指示を出す。

「貼り合わせられるところの、前身ごろのおむつを、思い切り後ろに引っ張って。そしたら、今度は後ろからのテープを太股がボンレスハムにならない程度に、きつく留めてね。上2つのテープは適当でいいよ」

これでやっと、おむつは終わった。

下半身はおむつだけの状態で、一番高くまで上げておいた電動昇降ベッドに近づき、パンツ、パンスト、ガードル、スカートと全部足を通す。膝まで上げたら、手摺り代わりになるベッドの柵につかまって、背後から立ち上がらせてもらう。そして、身体を柵に押し当てて、立っているかのような状態のまま、ひとつひとつはかせてもらう。スカートのホックをして、電動車イスに座れば、完璧にお出かけできる格好に早変わりできている。

「今日も、元気に行ってきます」

●フィニッシュは電車の中で

出かける準備だけでも忙しいのに、電車に乗り込んでからも、することがいっぱいある。時間にゆとりのない朝に限って始まったのに、今となっては習慣のようになったことを、今日も堂々と繰り返す。

最近は最寄りの駅が高架になったが、以前は〝魔の踏み切り〟で13本も通過電車を見送

とりあえず
バッグに詰め込んで
Let's go!

った経験がある。あっちから電車が来ますよー、こっちからもですよーと、矢印は真っ赤がつきっぱなしで。カーンカーンカンの甲高い音にムッとしたこともあったけど、怒ってもしょうがない。そこで、この時間を有効利用しようと考えたのが、ことの発端だ。ふと時計をはめてくるのを忘れたのに気づいて、待たされ時間にはめてみたら、何だか気持ちがゆっくりして、余裕を感じた。たまたま踏み切りが開いてスムーズに渡れてしまったときは、この行動を電車の中でするという違いだけだ。

どうあがいても時間が足りない朝に、「とりあえずカバンに入れておいて」と言われる物は、基本的に小さいけれども時間がかかって面倒くさい、時計、スカーフ、ベルトにイヤリング、そして、たまには口紅。たくさんの小物たちは、出番がくるまで、カバンの中でぐちゃぐちゃのまま、息をひそめて待ってくれている。

小田急線のラッシュは、すごい！と有名みたいだけど、本当にいつも溜息が出そうなくらい混雑している。そんななかでも、秘かなる行為は行われていく。駅に停車するごとに人の波はどっとやってくるから、事前準備が必要だ。まず、場所取り。電動車イスを車両最後部の隅に寄せて、陣取り大作戦に出る。とりあえず成功。

次なる行動は、カバンを開けて必要備品を取り出すこと。このとき、あわててはいけない。勢いよくカバンを開けてしまうと、いろいろなものを無造作に詰め込んである中身が見えてしまうから、そっと、そっと。

そして、やっと意思表示をする。ひそひそ話みたいなちっちゃい声で、「時計つけようか」と申し訳なさそうに懇願してみる。でも、心の中では「まわりの人たちはみんな散らばっちゃうんだから、人目なんて気にしないで、どんどんつけていっちゃって」といった気持ちである。30歳を過ぎてからは、もう恐いものなんてないんだぞ、と小さく自慢したい。電車を降りるとき完璧な状態であれば、問題ない。

こんな心理背景のもとで、必要度の高い順から身につけていく。まずは時計。約束、待合せ、昼食など時間に操られている生活といっても過言ではない毎日に、欠かせない必需品だ。次にベルト。これはキュッと締めることによって、その日に気合いを入れるのである。締めすぎると、苦しくて、食べすぎないから、ダイエット効果もあるとポジティブに勘違いもしている。スカーフとイヤリングは、その日の気分と電車の込み具合で判断する。

●新しい朝に会いたい

最近、気づいたこと。友達には友達の毎日のリズムと生活パターンがあり、それを崩しながら手伝ってくれることは、また違った意味での努力なんだなって。

だから、月に数回のサイクルだからって一方的に指示するのではなくて、お互いに歩み寄ることも、今後の課題だと思う。助けてくれているみんな、次回の朝はいつもと違う朝

に会えると思うよ。
たぶんね。いや、きっと。

●街を歩いて、観察、観察

8時。新宿駅に到着する。ここで人と人とのバトンタッチ。昨日の夜から泊まってくれた友達は、このまま自分の会社に出勤で、バイバイッ。待合せ場所で待っていてくれた友達には、〝3時半の交替時間までよろしくね〟っていう感じである。こうして多いときには、一日に5人くらいがリレーしていく。

都会の朝は、切れ味がいい。すごく東京っぽい。アスファルトに鳴り響くハイヒールの甲高い音、颯爽《さっそう》と過ぎ行く人びとの風、交じり合う化粧やポマードの複雑な香り、殺気に近い形相の人たち。情報密度が高い新宿地下街。

朝早くここにいるのは、新たに通信課程に入学した大学の宿題で、真っ白なスケッチブックを埋め尽くしなさいという課題をクリアするため。しかし、人間ウォッチングに忙しくて、絵なんて描いている場合ではなかった。スケッチブック、数本の鉛筆、消しゴムに定規と、格好だけはいっちょまえだったのに……。1時間半ぐらいいたけれど、結局スケッチブックは真っ白のままで、早起きも来た意味も、まったくなし。

「でも、楽しかったねー」と言いながら、今度は図書館に向かう。これもレポートの資料収集が目的である。お目当ての参考文献をコピーして、ついでに今日の新聞も読んでから帰る。図書館の自動ドアが開く瞬間、グー。朝食をとっていないから、お腹が空いてきた。お昼ご飯はまだ早いから、スターバックスで一番のお気に入りのアイスカフェモカ（シロップ½）をテイクアウトして、また街を歩き出す。

5分もしないうちに、大量のおしっこがしたくなってきた。おむつをしているけれど、極力それにはしないようにしている。それにしてもコーヒーの利尿作用はすごい効き目だなあと感心しながら、今度はトイレ探し。すこし我慢ができそうなときは、新しい情報を入手するために現在地付近の聞き込み調査を開始する。大きな建物をターゲットに、「すみませんが、車イスのまま入れるトイレはありますか？」と質問してまわる。

「ここにはないよ」

「おまわりさんに聞いてごらん」

「いっしょに探してやるよ」

いろんな返事が返ってくる。

歩きに歩いていたら、南口の髙島屋まで来てしまった。せっかくだからここでトイレをして、新宿駅へと逆戻り。

小田急デパートの名店街でチャーシューメンを食べて、電車に乗る。

3　ヘルパーさんとの充実した3時間

●ヘルパーさんは友達以上お母ちゃん未満な関係

家に戻って一息ついていると、もうヘルパーさんが来る時間だ。15時半ぴったりにインターホンが鳴る。ここで、再び交替。火・水・木曜の午後3時間、買物・料理・洗濯・掃除・入浴・トイレ介助など、生活における大半をサポートしてくれる。母と同世代のヘルパーさんとのひとときは、また違った一種独特の風が流れて、なかなか楽しい。ホームヘルパーと呼ばれるだけあって、さすがに家事はプロ中のプロだ。仕事は早いし、ていねいで、時間にちょっとの無駄もない。見ているほうが気持ちいいくらい機敏で、感心してしまうほど、こちょこちょとよく動いてくれる。

決められた時間は、3時間。たっぷりとあるようで短く感じるのは、１８０％の仕事量をお願いしているからかもしれない。

15時半　こんにちは。

　冷蔵庫の点検（野菜・肉類が豊富でない場合のみ買物に行くが、大半はストックで間に合う）。メニューを考え、必要な素材を取り出す。電磁調理器をセットし

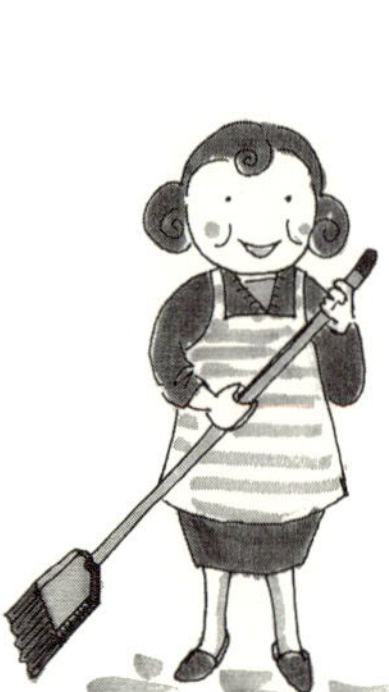

て、料理の下準備をする（野菜を切る、冷凍品を解凍……）。

16時　洗濯機をスタートさせながら、お米をとぎ、3時間半後にタイマーセット。とぎ汁を植木にあげる。

16時半　2品同時に味付け開始。

17時　3品目に着手。洗濯物を干す。盛り付けをして、冷蔵庫に入れる。

17時半　お風呂の準備（簀子《すのこ》を敷く、全体的に流す）、入浴。

18時　着替え、清掃（クイックルワイパー、掃除機）。

18時半　お疲れ様でした。

こんな流れだから、ヘルパーさんはかわいそうなくらい動きっぱなしだ。なのに、「動きがない家よりも、ずっといいわ。楽しいし、やりがいもあるしね」と言われると、ちょっと安心する。「思わないことは口にできないから、じゃんじゃん頼んでいいんだよね」なんて、いいほうに解釈して、ふたりで平和な時間を過ごしている。でも、ちゃんと感謝の気持ちは忘れていないから。

ヘルパーさんが訪問してくれるようになってから丸4年が過ぎ、生活にリズムも出て、ゆとりのある暮らしをしている。ふたりの関係をあえて図式化するならば、こんな感じかな。ヘルパーさんは友達以上お母ちゃん未満な関係。

ヘルパーとしてというよりは、人生経験豊富なひとりの人間として、学ぶべきことが多い。「いっぺんに唐揚げを作るには、粉をまぶすのにビニール袋に入れて振るといいよ」とか、「湯槽に溜まっているお湯で洗濯すると水の節約になるよ」とかの情報は、自分の生活に全部生きてくるし、今日からでも役に立つ。ときには花嫁修業しているような錯覚さえするほど、手伝ってもらいながら学んでいることが多い。

◎こだわりコース（買物・料理・入浴）

ヘルパーさんとのかかわりのなかで、こだわっていることが3つある。どうしても譲れないもの。時間がかかっても自分でしたいこと。たとえそれが間違っていても、能率が悪くても、こちらの思うようにしてほしいこと。お願いしてしまえば、簡単で楽なこともあるけどね。3つのこだわりとは……

買物と

ってても大好き。だって、安ければ安いほど家計は豊かになるし、それでいて新鮮なら、もっと楽しい。いつも野菜は八百屋さん、魚は月・水・土曜だけ築地から車で売りに来る魚屋さんと決めている。

1日おきのペースでこまめに買物すれば、より新鮮でいいのかもしれないけれど、時間のロスも大きいから、週に2回くらいしか繰り出さない。

そのうちの1日は、雨が降っても火曜日だ。なぜなら、西友の100円均一があるか

ら。でも、それだけではない。来店する時間帯も重要なポイントだ。スーパーに足繁く通った地道なる調査結果によると、安くなるか、ならないかの瀬戸際は、実にきわどい。6時ジャストに店内に突風が吹き、一気に50円引きや100円引きのシールがベタベタ貼られていく。じわじわと集まる人の群れ。ただただ圧倒されるばかりの光景に初めはとまどっていたものの、今となっては気がつくと加わっていたりするから恐い。やりくり上手と言われたくて、きっと今日も戦っている。あとの1日は、魚屋さんが来る曜日と天気による。

頼んでしまえば、いろんなことがどれだけ楽だろうっていつも思う。電動車イスを外用に乗り換えなくてもいいし、自分の目で見ていなければ、「安いから3つ買いたいけど、重いから1個にしようかな」と安易に諦めたりしなくてもすむ。そういった意味での心理的ストレスはなくなるのかもしれない。でも、できない。

やっぱり、何を買うかは、この目で見て決めたい。いつ買いに行くかは、天気とだけ相談したい。

ナオコの生活ちょっとトライ①
ナオコ流カップの持ち方
左手の薬指だけをカップのとっての中にさしこむ
人差し指、中指でとってを支えて持ちあげる
注意点
○カップの選び方は重要
※とっての下に中指、人差し指の入るスペースのないカップは×
※中身はぬるめにでないとヤケドしちゃうヨ
Let's try!

どんなに高くても、どうしても食べたいものも、ときにはある。

ひとりで買物したい日もある。

お目当てのお兄さんのレジに並ぶ、ドキドキ感。

他のお客さんに聞こえないように、90円もまけてくれた八百屋のおやじさん。

ぬかづけのきゅうりをくれた、おばあちゃん。

あったかい人たちに包まれて、やすらぐひととき。買物は、奥深い世界を覗かせてくれる。究極のこだわりは、人生に幅をもたせてくれるとも思う。

料理と

いうか、味付けは譲れない。肉類を切ったり、卵やスパゲティなどを茹でることは、完璧にお任せである。安全だし、ゆっくり切っているよりも鮮度が保てるから。でも、味付けに関しては、介助ではなく、補助になってもらっている。味付けの分量とかをそばで見ていて、ゆっくりと注いでもらいながら、「ストップ！」とタイミングよく声をかける。

高校生のとき、友達とお弁当のおかずを交換っこした経験がある。

その家その家の味付けは千差万別で、初めは新鮮だった。でも、いつも思ってたこと。それは「やっぱり、家《うち》のお母ちゃんのが一番だな」って。みんなには言えなかったけど、秘かに勝ち誇っていた昔をよく思い出す。

誰が何と言っても、うちのお母ちゃんの味付けが一番だと感じている。どことなくあったかくて、口に入れると、ほっとする味。何回作ってもいつも同じで、昨日食べたはずなのに、また今日も食べたい不思議な味。

ヘルパーさんや友達が一生懸命作ってくれても、お母ちゃんの味にはほど遠く、ましてやその味を知らない。だから、自分で作る。母の味付けに挑戦している。そうすると、いろんなことを考える。味って、不思議な力をもっていて、遠い記憶を甦らせる。味を通じて、改めてお母ちゃんの偉大さを感じたり、手のとどかない人なんだなって認識する。何年か前、テレビのクイズ番組の出題に答えられなかった母を見て、「超えたな」なんて不敵に笑っていたことを恥ずかしく思ったりもする。離れて暮らしていても、つながっているような気がする。

限りなく近づきたい気持ちが、いいスパイスになっているのかもしれない。

入浴だ

って、これまた大騒ぎ。ただ単にさっぱりすればOKとか、気持ちよければすべてよしというわけにはいかない。

6時ちょっと前。ヘルパーさんの最後の大仕事はシャワーをさせてくれること。部屋中のカーテンとブラインドと玄関の鍵を閉め、留守番電話のセットも忘れない。寝室に置いてあるポータブルトイレに座り、服を脱ぐ。朝使ったタオルなど洗濯予備軍を電動車イスに敷いて、裸のままお風呂場に移動する。

　とても狭く、限られた空間の中で電動車イスをこまめに切り返し、ユニットバスの真っ正面へアプローチできるようセッティングし、縁の縁まで近づく。洗い場が出入口よりも5cmほど低くなっているが、それは簀子《すのこ》でカバー。その上に、ハンドルで高さを調節できる入浴用のイス「湯ったり

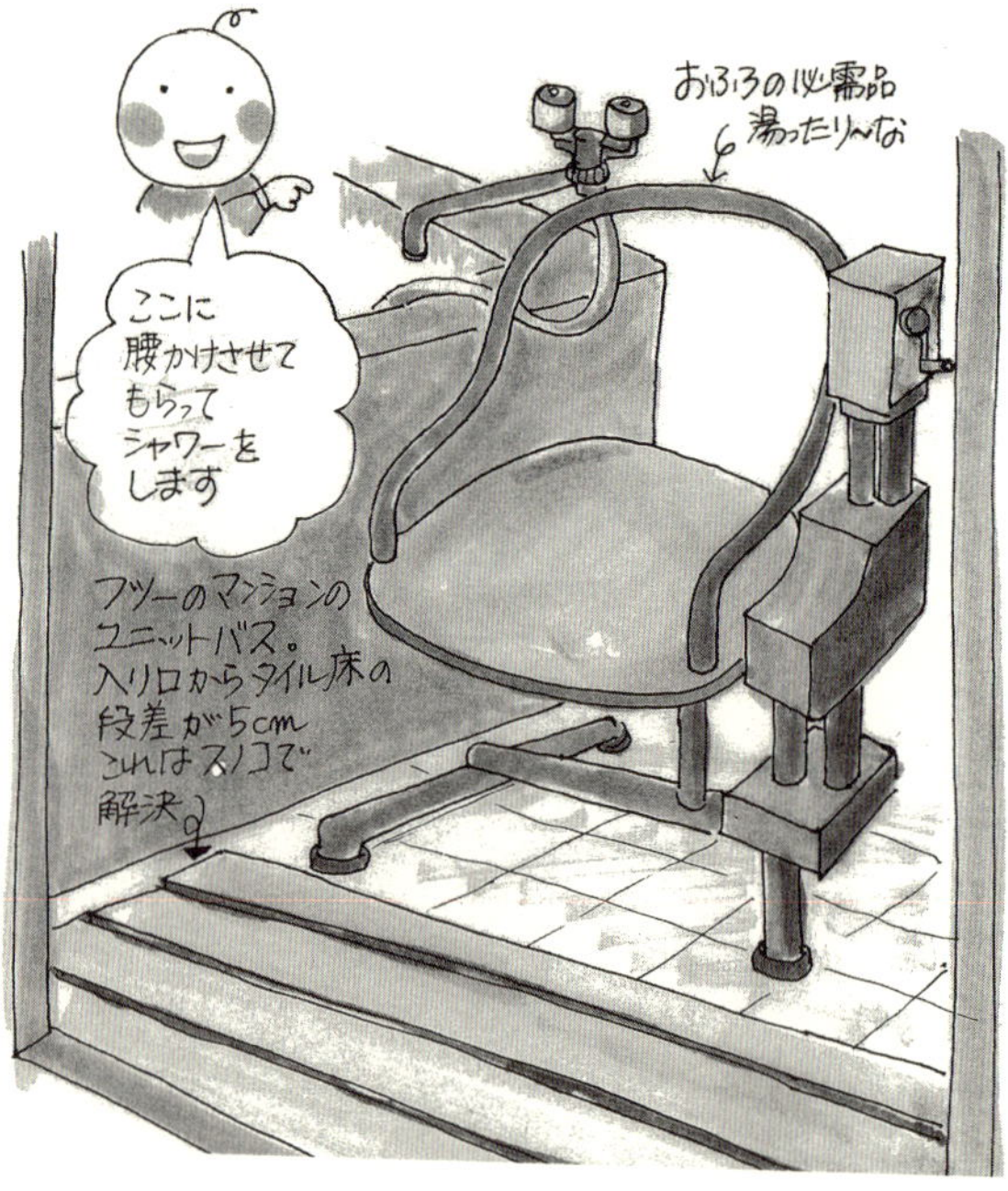

おふろの必需品
湯ったり〜な
ここに
腰かけさせて
もらって
シャワーを
します
フツーのマンションの
ユニットバス。
入リ口からタイル床の
段差が5cm
これはスノコで
解決♪

〜な」を置いている。正面から抱きかかえてもらいながらターンして、このイスに座る。

扉を閉める前に、電動車イスにバスタオルを敷き、背もたれにお風呂上がりに着るTシャツをセットして、扉を閉めた途端、こだわりは始まる。それは、洗う順番。空っぽの湯舟でシャワーの温度調節をしてもらい、その温度を右手で確認し、OKサインを出したら、頭から豪快に浴びる。

まずはシャンプー。1回目は全体的にさっと、2回目はてっぺんと前髪の生え際を念入りに、爪を立ててしっかりと、洗ってもらう。他人の頭だからと加減して、優しく撫でるようにモミモミするだけの人もいるが、遠慮は禁物。洗い終わった後、スッと気が引き締まる感覚がなければ、洗ったことにならない。

シャンプーの後は、たっぷりめのリンス。これは、そう簡単には流さない。リンスをつけっぱなしにして、洗顔の2連発攻撃だ。クレンジングでベトベトと塗りたくられていた化粧をさっぱりと洗い流し、次にただの洗顔フォームですっぴんに早変わり。若い!?ときのお肌の手入れが将来を左右すると聞いてから、丹念に時間をかけているのだ。泡だらけの顔といっしょに、つけっぱなしのリンスも流して、洗面器に1杯だけお湯を溜める。これは、身体を洗う際にスポンジをすすぐためのもの。

ボディーシャンプーを5滴くらいつけたら、アワアワにして、左手から洗ってもらう。順番は左手→背中→首→胸→右手→左足→右足→いったん流してから→おしり。絶対にこの順番がいい。おしりを一番最後に残し、ましてや流してからと慎重な行動は、泡で滑るのを避けるため。ビニール製のイスに、泡は相性がよすぎる。転んで痛い思いをする前に、自分のことは自分で守らなければならない。さあ、これで全身洗えた。いつもと同じ手順での入浴は、洗ってくれる人が常に変わっても、どことなく安心だ。

お風呂から出るときは、もう一枚の用意していたバスタオルを、ヘルパーさんとの間に挟む。相手の服が濡れないためと、脇を抱えて移動させてくれるときに、滑らないようにするための必須アイテムだ。電動車イスに座らせてもらうと、自動的に身体の後ろっ側は、事前に敷いておいたバスタオルが、見事に水分を吸い取ってくれる。髪はしっかりと拭いて、顔にはびしゃびしゃとたれるほど化粧水をつけ、オレンジの香りのする美容液まで塗り込んでもらう。Tシャツだけを着て、いよいよ前髪のセット。「on the眉毛」になることをめざして、ひたすらにドライヤーをかけてもらう。

そして、下半身はバスタオルで隠しながら、部屋に戻って、お風呂を出た後必ずしたくなるおしっこをする。さらに、下着やスパッツなどの部屋着を身に着けて、お風呂は無事に完了。だけど、苛酷にも、ヘルパーさんには後片付けが残っているのである。

◉洗濯・掃除は、お任せコース

お母ちゃんの味付けじゃなきゃ駄目だ、順番は絶対だ、なんて騒いでいたこだわりコースとはうって変わって、こちらは実にシンプルだ。はっきり言って、どうだっていい。綺麗になっていれば、問題はない。

下着やパンストを網に入れてなくても、柔軟剤を入れ忘れても、ずっと見張っているわけではないから、わからない。「どうすればいいですか」などと聞かれないかぎり、洗濯は任せてある。唯一ガミガミ言われず、見張ってもいないためか、鼻歌まで歌っている人もいる。ふふふ……。

洗濯物の干し方も、さまざまだ。思いっ切り伸ばして、引っ張って干してくれようと思って、力余って無残にもビリビリッて裂けてしまったシーツさん。カラッと晴れた日にTシャツの肩をつまんで干したら、ツンと立っていて、それを着て出かけてから気づいた、まぬけな日曜日の昼下がり。思いもよらない出来事が突然、襲ってくる毎日。これだから、ひとり暮らしはやめられない。

掃除だって、任せっきり。フッとすれば飛んでいってしまうくらいの軽いほこりはクイックルワイパー、何が何でも動かなそうな頑固なごみは掃除機、と決めている。窓を全開にして、はたきをかけて、綺麗さっぱりという大掃除は、飲み会などで夕飯のいらない日にお願いしている。

あとちょっとで6時半。今日も大変ご苦労さまでしたと交替したいのに、人が来ない。電話もない。ヘルパーさんには決められた時間があるから、気づかれないように、明るく振る舞う。６時25分だ。

「すみませんが、おむつしてもらえませんか？　大切な人が迎えに来てくれたら、今日はこれから出かけるので。ありがとうございました。では、また来週」

バタン。玄関の扉は閉められた。

4　９時とうんちと日記の話

●突然のフリータイム

やっぱり来ない。連絡もない。でも、待つしかない。ひとりでいる部屋は、こんなにも広かったかと実感する。誰もいない部屋は、シーンとしていて、洗い物のお皿がちょっとカタッとずれただけでもドキドキしてしまう。だから、テレビのボリュームを可能なかぎりの音量にして、「さびしくないよ、平気だよ、大丈夫だってば」と自分に言い聞かせる。

６時半にヘルパーさんが帰ってから、すぐに交代の人が来てくれれば確かに安心だが、真っ白になれるわずかな時間も大切かもしれない。いつも誰かがそばにいる生活は、楽しいけれど、ちょっと疲れる。いろんなことに目配りをして、常に次の行動を考え、動いてくれるペースにあわせながら頼む毎日は、やっぱり気を遣《つか》う。ほっとできる瞬間もほし

い。だから、不安だけど、こんな時間が与えられるときも、たまにはいいのかもしれない。

せっかくだから、人に見られたくないことでもしてみようと冒険心が動き出す。どんなに仲のよい友達の晩でも、人目を気にせずにひとりでしたいことは、いっぱいある。たとえば手紙や電話。さらに美しくなれるようにと、みんなに差をつけようと、美顔パックをしたり、みんなが「危ないよ、見てると怖いよ」ってうるさく言うから、ひとりのときに爪を切ったりしている。

パッチン。危ない、危ない。もう少しで血を見ることになってしまいそうだった。

●来た！

ピンポーンとインターホンの音。壁に備え付けのため受話器が取れないから、そのまま放っておくと、玄関をがばっと開けて入ってくる友達。いつでも、みんながこうして来てくれていることを改めて感謝したくなる瞬間である。「ごめんね。電話する時間よりも1分でも早いほうがいいと思って。改めて、こんばんわ」の後は、もうお祭りだ。寝るまでしゃべっているか、食べているか、二者択一といっても過言ではないぐらいの騒ぎになるほど、お互い元気。

仕事で疲れているはずなのに、彼女たちのテンションの高さは半端じゃない。ヘルパーさんといっしょに作ったご飯を食べる前に、まず乾杯。コップの中身は、ビールだったりウーロン茶だったり、ときには日本酒の夜もある。こうして毎晩いろんな人とふたりでいると、楽しければ、そして元気であれば、すべてOK！といった感じになってしまう。やっぱり友達はいいなって思える瞬間でもある。

9時とうんちと日記の話

習慣づけは怖いもので、夕飯を食べ始めるのが8時半。ぺちゃくちゃしゃべりながら、テレビを見ながら食べて、終わるのは9時。ドラマの一番いい時間帯に、本当は見たいテレビも我慢して、うんちを頑張るためだけに、寝室にあるポータブルトイレに座る。食べれば出てくれる、そのことだけを祈って。

長いときは、2時間くらいあきらめない。出るか出ないかもわからないのに、ただじっと座っているのは時間がもったいない。そこで考えた有効利用は、家具調ポータブルの肘

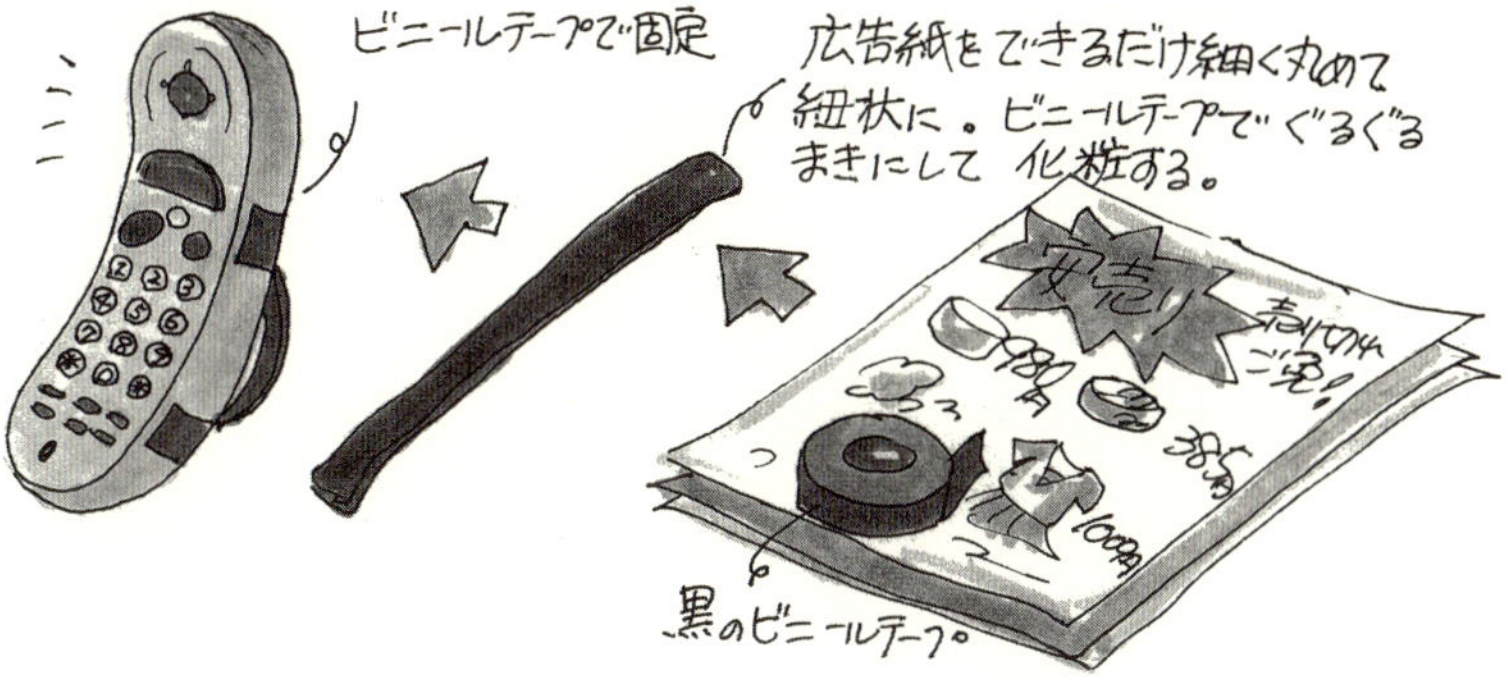
ビニールテープで固定
広告紙をできるだけ細く丸めて
紐状に。ビニールテープでぐるぐる
まきにして 化粧する。
安売り
売り切れご免!
黒のビニールテープ

置きに製図板をかませ、机代わりにして日記を書く。題して「ながら攻撃」。腹筋も弱いからうんちを生み出すのは一苦労で、座布団も利用する。両足の下にそれを敷き自然排便するために、膝の位置を高くする。出る出るという自己暗示も必要だが、まさしく耐久レースだ。その根性持続作戦に、日記は大活躍。一日の出来事を振り返り書くため、心を落ち着かせる作用があるのではないかと考えたのが、きっかけ。これが、けっこういい。

9時とうんちと日記は、深い関係で結ばれている。

●ほっぺでピッポッパ

電話は子機しか使わない。限りなく自由だから。距離を制限されてしまうくるくるのコードも付いていないし、受話器をすぐに取れるように近くに置いておくこともできる。でも、この環境をつくり出すには、ちょっとした工夫が必要だ。握力はないに等しく、スワンネック（白鳥の首）と言われるように指が若干反ってしまっているために、普通の状態で受話器を持つことができない。たとえ偶然に持てたとしても、長時間はむずかしい。

ナオコの生活ちょっとトライ②
指を使わず、ほっぺでピッポッパ!!
子どものころ
舌をうまく使って
アメを食べてる
マネ
よくしたでしょ!
あれですヨ
あれ.
もしもし..
ピッポッパッ
このほっぺのでっぱりでダイヤルボタンを押す

考え出した解決策は、手にぴったりとくる紐《ひも》。人差し指、中指、薬指の3本がゆったりと入るように、子機にテープで固定しておく。素材はしっかりしていて、滑らないもの。なおかつ遊び心がもてる柔軟なもの。そこで選び出したのが、新聞の広告と黒いビニールテープ。作り方は、日曜日のちょっと固めの広告選びから始まる。できるだけ細めに丸めて直径4㎜程度の紐状にし、ビニールテープで化粧をする。子機に手を置き、紐をあてがい、さらにビニールテープで固定していく。子機にお買物かごが付いたみたいな感じだ。この子機があれば怖くない。部屋の中、いつだっていっしょ。

電話が鳴る。「ハイハイ誰ですか」と一人ぶつぶつ返事しながら、右手で子機を近づけて、取っ手の中身に左手の指を3本差し込む。そして、耳に当てる寸前に、口の中から舌でほっぺを突き上げて、外線ボタンを押す。狙いを定めてしっかりとタッチしないと、誰からかわからずに切ってしまうことになる。かなり集中力とパワーあふれるタッチが求められる、究極の業だと自負している。父曰く、この姿を見るたびに「決して可愛い顔とは言えないから、男の前ではするなよ」。30代になっても嫁にいかない娘への切実な親心かもしれない。

電話をかけるときも同じ。毎日使っていることって知らない間に、トレーニングされていて、どのあたりに、どの数字があるのかを覚えている。だから、数字を見なくてもほっぺの下から突き上げる舌で、間違いなくコールできる。ワンタッチで指をはめ込み、受話器を耳に当てたら、ほっぺでピッポッパ。

「もしもし……」

●寝返りと掛け布団へのこだわり

充実しまくりの一日を終え、やっと眠れる。疲れきった身体を布団に投げ込める瞬間が大好きだ。スウーッと何かが消えていく。快感。

ベッドに横たわる前に、パジャマに着替える。掛け布団をいったんすべてどかして、ベッドのマットに電動車イスから移動させてもらう。次に寝るポーズ。右半身を下向きにして、両足とも膝を曲げ「上の足（左足）の爪先を、下の足（右足）のかかとに引っ掛けてくれるかな」のポーズで、毎晩寝ている。横を向くのは、上を向くという一度の寝返りはひとりでできるから。膝を曲げておくのは、自ら曲げることはできないが、伸ばすことは簡単だから。また、複雑に引っ掛けておく足首は寝やすいからというよりは、しびれて伸ばしたときに足が布団からはみ出さない工夫である。

お互いに安眠できるための事前準備として、セットすることはまだまだある。次は布団だ。布団がフワフワすぎては身体が沈んでしまい、思うように動けないから、少々固めのマットを使用。掛け布団は羽根布団。いつも横を向いて寝るが、そこから上を向く最初の寝返りはできる。問題は2回目だ。上を向いてしまった後、肩に掛かっている布団の面積は大きい。横を向こうと思っても、肩に掛かる布団の重さで寝返りがうてず、おしりやかかとがしびれて眠れない夜もしばしばあった。そこで、軽くて暖かいことから、羽根布団を採用。ただし、残念ながら、体調によっては2時間に一度の割合で寝返りの介助をお願いしている。

もうひとつの大切なこと。それは布団の掛ける位置に深い関係がある。横を向いた状態で掛けるが、布団の中央は肩のラインではなくて、さらに前。つまり、前方にあらかじめ弛ませておくのである。上も同じ原理で、首のあたりに暑くても多めに掛けておく。夜中に足がしびれて布団ごと蹴飛ばしてもいいように、準備、準備。さらに、ベッドから見えるところに時計を置いて完了。お疲れ様。

これで安心しておやすみなさい。真っ暗だと怖いから、豆電球はつけておいてね。

●おやすみの気持ち

布団に入ってから、毎晩欠かさないお祈り。

「小島家のご先祖様、今日も一日ありがとうございました。明日も健康で楽しい一日でありますように、見守ってください」

それから、

「お父ちゃん、お母ちゃん。今日も笑って過ごせましたよ」

それから、

「○○さん………」

どこまでも続いていく。

第2章　誕生から自立へ

1　太った赤ちゃん

●アルバムから

１９６８年12月１日、午前7時25分。

東京都足立区のある産院にて誕生。

赤いヴェルヴェット生地に、キリンさんや風船が描かれた専用アルバム「直子ちゃんのあゆみ」。どこか昔の匂いがしてきそうな、黒ずんだこのアルバムを1ページずつめくるたびに、バリバリと鈍い音がして、月日の流れを実感させられる。ここには母の優しさや初めて子どもをもつうれしさが、ていねいに綴られている。いっぱい、詰まっている。覚えていない記憶が甦ってくるような錯覚に陥ってしまいそうなほど、伝わってくる。写真と言葉で過去へタイムスリップ。

昭和43年12月１日、命が生まれた日

体重３７５０g、身長53cm、胸囲35cm、頭囲36cm。

泣き声　あまり大声ではなかった（フギャー）。

母親の健康　良い。

「10カ月にわたる妊娠で、身体には色々な変化があった。羊水の世界から空気の世界に誕生したばかりの赤チャン。夢のような信じられない中に、ああ丈夫な子で良かったワと自分に云い聞かせるとともに、涙がいつまでもいつまでもほほをぬらした。思わず、ありがとうございましたとお礼を言った事を覚えている。本当にあの時の嬉しさ、喜びは、言葉に言い表すことのできない、女性にとっての幸を感じさせられた」

「赤チャンは、うとうとと眠り続けている。これでいいのかと心配になってきたところでお乳を飲みたいようなそぶりをする」

7日　今日は赤チャンの名付け、稲荷神社社務所にて命名　直子。

10日　退院。初めて外の空気にふれた。お父チャンの運転で、自宅へ帰る。

昭和44年1月2日（晴）

「今日は直子のお宮参りの日である。いいお天気にめぐまれ五反野神社でお参りした」

●泣いている、でぶっている

昭和44年2月1日

生後2カ月　今日は健康診断に出かけた。

異常なし。身長64㎝、体重7・4㎏、頭囲40㎝。

「5～6カ月の標準ですヨって言われ、びっくりして帰って来た」

おばあちゃんといっしょに、ハイポーズ

2〜3カ月

耳が聞こえ、眼でいろいろ物を見つめるようになった。動く物を目で追うようになった　日光浴を始めた。

3〜4カ月

母親の顔がわかるようになった。涙を出して泣く。自分の指を口に入れようと一生懸命になる。

5〜6カ月

動く物や声のするほうをさかんに見る。自分の名前を呼ばれると振り向く。

7〜8カ月

支えてやると、お座りする。下の歯が2本、生え始めた。背中の筋肉がしっかりしないため、背中が丸くなる。

発育状況と抱き合わせに貼られているどの写真を見ても、泣いている。でぶっている。あんまり可愛くない。この3つが共通点だ。

何か別の生き物みたいな巨体が、恐ろしいことに青いポリバケツの中で半べそをかいている、今すぐにでも破り捨てたいくらい、情けない写真もある。

当時は、標準よりも大きいだけという感じだったのだろう。やがて、こんなに普通じゃなくなるなんて、想像もしていなかったにちがいない。かなり太っていたから、町医者の検診にも引っかからなかった。早期発見ができていれば、ほんの少しでも状態がよくなっていたかもしれないけれど、これから終わることのない両親の不安を一日でも遅らせられたのなら、これでよかったかもしれない。

病院では常にこんな会話が繰り返されていたという。

母「先生、うちの子ったら、動きが鈍いんです。いつになってもハイハイもしないんです。手もずっと握ったままで」

先生「おかあさん。それは太っているからですよ」

母「でも……」

相手は医者だ。信じるしかなかったのだろう。また、普通であってほしいという祈りも手伝ったのかもしれない。

◉1歳8カ月の診断

結局、障害の判定はかなり遅かった。毎日のように東京女子医大病院、虎ノ門病院、国立小児病院など有名どころの病院を巡り、先天性脳性小児マヒの診断が下ったのは、1歳8カ月だったと聞いている。

初めての子どもに重度の障害という現実が、一気に降り注いできた。そのとき父や母は何を感じて……と考えると同時に、今こうしてワープロに向かい、キーボードを叩けていることに、感謝したい。

今となっては笑いながら話せるが、母はこのころの心境をよくこんなふうに語っていた。

「どうして家《うち》の子だけ、こんな目にあわなきゃいけないの。行き交うお腹の大きな人を見ると、みんな同じ子（障害をもった子）が生まれればいいんだって思ったね」

母の口からこんな過激な言葉を聞いたことがなかったから、かなり驚いた。

でも、想像のなかで自分に置き換えて考えてみると、やっぱり純粋にショックで、途方に暮れていたかもしれない。

2　規則だらけの訓練地獄

●管理された療育園生活

今ではそんな面影すらないが、母がトイレに行くだけでも大泣きをするくらいの甘えん坊を克服す

るため? また機能訓練をするのに重要な時期ということもあって、3歳4カ月の72年4月に、大好きな両親と涙の別居をして、北療育園に入ることになる。

さあ、大変だ。どれだけ嫌だ! と泣き叫んでも、始まる。始まってしまったのだ。検査、機能回復訓練地獄、離れ離れ生活。東京都北区十条台1—1—5。忘れもしないこの住所。決して消えない思い出。すべてが機械的で、不自由な生活だった。簡単に言えば、「完璧に管理されているターミネーター育成秘密基地」といった感じ。プログラムされた生活からはみ出さないように必死だったし、看護婦さんに嫌われないようにと絶えず顔色をうかがっていた。

楽勝そうで、実は守れなかった約束ごとの数々。親の愛情がとってもほしいこの時期、離れての生活だけでも精神的にきついのに、規則はいっぱいで……。いつパンクしてもおかしくない状態だった。

◇所持品について

① 持ち物と衣類には必ず別の布で、病棟名・名前を左胸に書く。
② ねまき3~4枚。下着類(季節のもの)4~5組。
③ 洋服は季節に合ったもので、訓練しやすく、着やすいもの。
④ 洗面用コップ(こわれにくい、柄のついていないもの)直径6㎝、高さ8㎝程度。ハブラシも用意。
⑤ 玩具をどうしても持ち込む場合、お友達と使える共同のもの。

１日の生活

時間	内　　容	備　　考
6:00	検温、起床、更衣、洗面。	更衣、洗面など、できるだけ一人でさせる。
7:00	朝食、登校。	
9:00	処置、機能訓練、保育。	手術や訓練は一人一人の治療方針によって行われる。
11:00	昼食、おひるね、訓練。	
14:00	入浴、おやつ、自由時間、更衣。	
16:00	夕食。	
17:00	洗面、自由時間、手足の清拭、就寝の準備。	
20:00	消灯。	

◇面会について

①　第１・第3日曜日の午後1〜4時。ただし、幼児の場合は入園後約1カ月は、面会禁止。園に慣れ次第、土〜日曜にかけて外泊可。

②　面会日には飲食物を持参してはならない。

●崖っぷちの選択

男に生まれたかったし、早くおとなになりたかった。なぜなら、どこにだってボスはいて、たった1つ年上で体格がよかっただけなのに、大部屋（50人）すべての権力を握っていたから。テレビのチャンネル権に、ベッドに入った後の唯一の楽しみであった暗やみの中での「言葉だけ遊び」（お医者さんごっこ、最近の失敗談など）も、ボスの心ひとつで選択された。逆らったらいっしょに遊べなくて、つまらないから、ただただ従うしかなかったのだ。

情けないことに、この時代のテレビから得られるアニメや歌手に関する情報は、ボスの趣味に準ずるものばかりで、今でも友達とこのころの話題についていけないことがある。さみしくって、すごく悔しい。今もし会えたらやっつけてやりたいくらいのボスは、当時50人兄弟の長男といった風貌をもち、決して揺らぐことのない存在感があった。

病院と同じで早い時間に消灯し、ベッドに放り込まれてしまうから、夜中におしっこがしたくなる。でも、看護婦さんを呼ぶためのブザーのようなものは何もなかったから、信じられないくらい原始的な非常サインは、もう声だけ。気がついてくれるまで、ひたすら呼び続けるのである。まわりを気遣い、弱々しい声で呼び始めるのだが、「看護婦さーん、かーんごーふさーん」ってずっと呼んでいると、お願いだから早く気づいて！　という祈りと、暗い部屋に緊迫感が襲ってくる。

おしっこしたくなるのは、みんな同じだ。大部屋に眠るなかには、か細い声の友達もいて、言葉にならない呻き声を上げていたりすると、気になって眠れない。結局、代わりに呼んであげると、「さっきトイレに行ったよね」と言われる。幼いながらにもショックだったことを覚えている。

3時のおやつは牛乳と森永ビスケットの日替わりバージョンで、夕食は銀ダラの煮付け丼やとろみのあるものが多かった。口に入れると、あまり噛まなくても簡単に消化しやすい食べ物が基本だったのかもしれないけど、飽きる。

きっと一生分を食べたからだと自己分析しているのだが、拒否反応に近いものがあり、今では牛乳も銀ダラも大嫌いだ。食卓に並べられたのを見るだけで、暗い思い出が連鎖反応となって甦り、食欲が減退してしまう。だから、家庭での食事では、みんなが銀ダラでも、ひとりだけサケとかサンマっていうことがよくあった。

●月に2回の外泊

英才教育なんて、そんなにちゃんとした話なんかじゃない。外泊は月に2回しかなくて、隔週の土曜日の午後から日曜日の夜8時まで。サラリーマンだった父は有休をとって、いつも時間どおりにニコニコの笑顔で迎えに来てくれた。帰り道の車内での話題は、訓練の辛いメニューや、そんななかでもできなかったことができつつあるようになっていく経過。こと細かくオーバーアクションで、超加熱した一方的な話をした。話の内容まで理解できていたかは怪しいところだが、穏やかにひたすらウンウンとうなずいてくれる、いつでも優しい父だった。

さてさて、無事に事故もなく埼玉県草加市の味わい深い家にたどり着くと、エプロン姿の母が勢いよく飛び出してくる。バカ元気。

「直子、お帰り。おしっこは?」と、いきなり張り切っている。

こちらとしては、ずっとしゃべりっぱなしだったから、喉がカラカラ。

開口一番「なんか飲みたいな」

「うちには、ヤクルトかお茶しかないよ」

この言葉を聞くたびに、帰ってきたなって実感した。だって、うちには絶対にジュースは置いていなかったから。

●楽しい土曜日、悲しい日曜日

両親や妹弟との楽しい時間は、苛酷なまでに淡々と過ぎていった。外泊した土曜日の夜は、2週間分蓄積されていた楽しみを一気に開花させるのだから、はしゃぎすぎて、平和な気持ちのままスヤスヤ眠るだけ。本当に幸せ。明日また療育園に帰らなければならないことなんて、すっかり忘れている。問題は日曜日の朝、目ざめた瞬間から始まる心の葛藤だ。

帰りたくない。いっしょにいたい、もっとここに。どうして？

いろんな気持ちが駆け巡る。でも、そう思っていることを気づかれないように、笑顔でいなくちゃって、気持ちをかきたてなければならないことが、辛かった。

大好きなお父さんに肩車（上野動物園）

起きると一日が始まってしまうから、ただそれが嫌で、目がさめても布団の中でグズグズ。すると、みんながまだ寝ているのに、父はラジオのボリュームを最大限に全開にして起こしに来る。ラジオはキユーピーがスポンサーだったらしく、『3分クッキング』と同じ元気でさわやかなメロディで始

まるクラシック音楽番組だった。「うるさいよー」って文句を言いながら、やっと起きると、すぐに朝食。みんなでひとつのテーブルに座って、顔を見ながら「おはようございます。いただきます」を大合唱してから食べ始める。

明るい食卓を取り囲むように、壁には一枚の貼り紙。母が何かを参考にしながら書いたものらしいが、かなりの力作だった。子どもたちの好き嫌いをなくそうと必死だったのだろう。忘れもしない。というか、いつまでも忘れずにいたい。ピンク色の模造紙に食事をしている象さんと子どもたちを描き、その上にはコメントもあった。

そうさんもね、きらいあったんだって。
でも、たべちゃうぞーといって、
とうとうきれいにたべちゃったんだぞー。
ほんとうだぞー。

パンくずをいっぱいこぼしたり、最後のウインナーを取り合ったり、食事の後のトイレの順番でケンカしたりしていると、にぎやかな時間はどんどんと過ぎていく。

限られた時間のなかでの楽しみはいろいろあった。近所の公園に、おにぎりを持って出かける。ブランコや砂場で遊んだ後、帰りにイトーヨーカ堂でおもちゃ付きのお菓子を買ってくれる。家に帰ってから、将棋盤の上でみんな仲良く餃子を手作り。家族でいっしょに過ごす時間を本当に大切にしてくれた。愛をいっぱい感じられた。それを感じれば感じるほど、また離れることが辛くて、昼を過ぎると、ほとんど無口になってしまっていた。

それに加えて、さびしさを助長させたメロディがある。今でもこのメロディを聴くとスッと昔にタイムスリップして、自然に泣けてくるくらいの思い出。そのメロディは、野球の効果音。チャッチャーチャラララー、チャッチャチャチャラララ、オー、チャッチャチャチャラララ、オー、チャーチャチャーチャチャララ、かっ飛ばせ長嶋！　阪神倒せ、オー！

草野球の監督を現在も続けている父は、もちろん大の野球ファン。大好きな野球中継を見ないはずがない。日曜日の夕方、このメロディを聴くたびに、もうすぐ帰る時間なんだと思った。

別れ間際になると、いつもさびしそうな顔をしていたからか、夕飯はよくレストランへ連れて行ってくれたけど、全然うれしくなかった。こんな立派なご飯じゃなくてもいいから、いっしょにいたい、明日もその次の朝もいっしょにいられたらいいなって、そんなことばかり考えていた。でも、帰る時間は、ちゃんとやってきてしまう。

●オンボロ車と涙

ブッブッブッブッブッと車が小刻みにおならをする。今にも壊れてしまいそうなエンジン音に、真っ黒な排気ガス。当時の小島家は、スズキの軽自動車に乗っていた。ちっちゃなちっちゃなオンボロ車は、家族と過ごせる楽しい時間との橋渡しをしてくれていた貴重な足だったが、この感謝したいはずの車を思い出すだけで涙が出てくる。憎んだときさえあったくらいの哀しい思い出と、決して忘れられない音。ブッブッブッ。

不思議なほど、母は療育園まで送ってはくれなかった。一番いっしょにいたいのに、どうしてわかってくれないの？そばにいてくれないの？と、ただただ疑問だった。辛いのは、みんないっしょなのに。

運転手は絶対に父だけど、ふたりで療育園に帰ることはほとんどなくて、近所のおじちゃんやおばあちゃんがいっしょだった。車の中で歌を歌ったり、しりとりをしたりして気を紛らわせていたが、最後のカーブの交番が見えてくると、ほっぺにはあたたかいものがただただ伝っていった。正門をくぐり抜けるときはいつも門限ギリギリ。父は決まって、「すいません、道が混んでいて」と言っていた。

正面玄関に車を付け、降りようとすると、おばあちゃんが持ちきれないほどの飴を握らせてくれる。

「でも、怒られちゃうからいいよ」と言うと、何かが切れたように、声を上げて泣かれてしまう。

「かわいそうに。こんなに小さいのに、飴も自由に食べられないなんて」

「じゃぁ、1個だけもらうね。またね」

こっちも泣きながら、この一言が精一杯だった。

父がしっかりと抱っこして、ゆっくり、ゆっくりと療育園の廊下を歩いていく。ベッドにそっと寝かせると、「また再来週、必ず迎えに来るね。訓練、頑張るんだぞ。おやすみ」と言って、髪を撫《な》でてくれた。またまたあふれてきそうな涙を堪えることで精一杯で、いつも何も言えずに、ただうなずくだけの返事しかできなかった。父の足音が静かな建物に響きわたる。このころはまだおでぶチャン症候群の父だったけど、スリッパの音はよく聞こえた。

「この瞬間、ベッドから飛び降りて一生懸命這《は》って追いかけたら、いっしょに帰れるかも。でも、ダメ。退院が遅くなっちゃうほうが、もっと嫌だから」などとひとりで格闘しながら、心を静める努力をした。しかし、次の瞬間、張り詰めていた気持ちが切れてしまう。車の音。そう、あの音。うちの車の音。

父が車に乗り込む音が聞こえる。バタン。もう耳はダンボにな

って、父の行動をベッドの上からひとりで想像していた。なかなかエンジンがかからない。ブルーン、ブス。ブルーーーン、ブルーーン。ブッ、ブッブッブッブッと、独特の排気音が鳴り響く。やがて、車はゆっくりゆっくり動き出してしまい、その音はどんどん小さくなっていく。完全に聞こえなくなると、もう耐えられない。泣きたい。さびしい。会いたい。身体を震わせながら、声をたてずにいっぱい泣いた。泣きすぎて、鼻にツンッてくる匂いまで覚えている。気持ちをどうすることもできないことが、ただただ悔しかった。

どこかでつながっていたくて、外泊での思い出をゆっくりと振り返る。

「そうだ、おばあちゃんにもらった飴。お父ちゃんがベッドに掛けてある手紙入れの一番下の段に入れて、ティッシュで隠してくれたっけ」

貴重な飴をひとつ取り出して、ゆっくりと包み紙をむき、口に入れた。甘くて、優しくて、あったかいストロベリーキャンディは、頬を伝わる涙とともに、眠りにとけていった。

翌朝、目がさめると看護婦さんがにらんで立っている。なぜだか見当もつかなくてきょとんとしていると、飴の包み紙を持っている。そういえば、昨晩食べた後、紙をベッドから無意識のうちに落とした。朝からひどく怒られる。

それでも、食べるものを持ち込んではいけない規則を破り、飴の包み紙という物的証拠まで残しているのに、「看護婦さんだって、お父さんやお母さんといっしょにいたいでしょ」とわけのわからない反発をした。身体機能の回復訓練のためとはいえ、ここにいなきゃいけないことが十分に理解できずに、苦しんでいた。

●訓練地獄

そう思わざるを得なかった要因は、ここにもある。小さな身体には、この世のものとは思えないほどの痛みだった。どんなに頑張っても、できるようにならないジレンマ。そして悔し涙。訓練の先生が、鬼に見えた。倒れても衝撃を吸収するクッション性のある訓練帽をかぶり、握力がなくて松葉杖を握れないため、包帯で手をしばられての歩行訓練。倒れることが怖くて、一歩が踏み出せなくて、「できない！」と叫び続けていた。

もうひとつ耐えられなかったのは、スタビライザーを使っての立位訓練だ。簡単に言えば下半身固定装置みたいなもので、約80cmの正方形の板に、太股までのアムロちゃんブーツが強力な接着剤で固定されている。そこに足をはめ込んで、数十分立ち続けるという訓練だ。一日のうちで車イスから立ち上がることなんて、トイレと何かに乗り移るときに軽く足をつくぐらいだったから、かかとはふにゃふにゃだし、膝や股関節への負担は想像を絶するくらい痛みがともなって、怖い。

「訓練の先生なのに、どうしてこんなに痛いことがわかんないの？　もー、歩くことは無理だよ。いくら安全帽をかぶっているからといって、松葉杖で転んで顔を打って、鼻血が出たらどうしてくれるのよ！」って、いつも思っていた。

訓練は、確かに大切かもしれないし、耐えてよかったとも思っている。でも、精神的フォローがほしかった。大好きな父も、一番甘えたい母も、そばにいない。そんなひとりぼっちの環境で自分を励ますのは、辛かった。哀しいことに、数カ月かけてできるようになったことも、カゼでダウンしてしまうと、いとも簡単に元の状態に戻ってしまう。本当に果てしない努力。

もう嫌だ。歩けなくたって、こんなに元気だからいいや!って、何かがふっきれた次の瞬間、動いていた。

●脱走の決行

それは、脱走。とにかく家へ帰りたかった。父や母に会いたかった。休みたかった。もう、こんなところにはいられない。

お金もなければ、歩ける足もない。でも、ひとつだけひとりで帰れる方法があった。それは這うこと。もし這うことに疲れたり飽きたら、ゴロゴロと転がったり、カエル飛びみたいにピョンピョンしながらでも、少しずつ進んでいけば、いつかは帰れるだろう。そんな能天気な計画をしていた。

決行は深夜、外へ出るために、まずはベッドからハイジャンプしなければならない。今よりももう少し身軽だったから、ベッドの柵をよじ登り、床をめがけてドスンと落ちた。痛くても帰れるためなら、なんてことない。次なる難関は、看護婦さんの詰め所の前を通り抜けることだ。他の部屋を見回りに行ったすきを狙って、一気に玄関へのスロープを下りていく。手を先について、足を引きずって、少しずつ。息を殺し、注意をして、一歩ずつ確実に、玄関へと近づいていく。

正面玄関からは、絨毯《じゅうたん》ではなく、アスファルト。1m進み、握ったままの手と膝を擦りながら、なんとか家まで……。3mだけ近づいた。パジャマも膝も擦り切れているのに、不思議と全然痛くない。帰れる、会えるという気持ちが、感じているはずの痛みより勝っていた。いつでも迎えてくれる、玄関の電気がついたあの暖かな家が、ボヤッと心に見え隠れし、それだけをめざして。

執念に近い記憶力。人間、本気になれば何だってできるんだって、5歳にして悟ってしまったかのように、家までの道を完璧に覚えていた。幾度となく往復するうちに、「いつかは逃げ出してやるぜ！」と固い決意をしていた成果が今まさに発揮されようと、正門が見えかけた瞬間、見つかった。

その後のことはよく覚えていないが、しばらく誰とも口を聞きたくなかったことだけは、記憶している。あとちょっとだったのに、残念。

●夜食は食堂の氷

きっとエアコンで室温コントロールされていたのだろう。夜中、信じられないくらい喉が渇いた。意識してしまうと、どうしてもゴクゴクと何か飲みたくなってしまう。脱走ステップ1の、お得意のベッドからハイジャンプして、ケガもなく無事クリアできたら、見つからないことを祈りつつ、目的地へとひたすら這い続ける。実に地味で、だけど夢のある行動に、少々興奮気味な気持ちを抱えて、めざすは食堂の氷。

夜の大食堂は真っ暗で、なかなかのミステリアス空間だ。奥の奥にある厨房には誰かがいたりするときもあって、油断は許されない。氷を目の前にして、ベッドへUターンさせられては、ここまでの努力が水の泡になってしまう。慎重に行動。めざすは氷。氷。氷だけ。誰にも見つからずにたどり着いて、待ちに待っていた瞬間を迎える緊張がたまらない。

真っ白な大型製氷機の扉は、手前に開くタイプだった。ちっちゃなジャンプをして、その取っ手に飛びついて扉を手前に開けるのだが、回を重ねた練習の結果、静かに開けると成功の確率は上がる。あわてて開けてしまうと、ものすごい勢いと音で氷がゴロゴロと飛び出してくる。そうなったらもう、バレバレ。成功してもいつ見つかるかわからないし、部屋に戻ってもすぐに喉が渇くかもしれないから、とりあえず頰張れるだけの氷を口にした。冷たすぎて口中が痛くなったり、氷がひっついて、口の中の皮膚がベロッて剝がれてしまうこともあった。

忘れられない夜が一日ある。この日だけ違っていたのは、コックさんに見つけられてしまったこと。怒られることを覚悟して、「ごめんなさい」と謝ると、大らかに微笑みながら聞かれた。

「なんだ、お腹が空いたのか？　何か食べるか？」

そう尋ねられると、そんな気もしてくる。

「うん、お腹も喉もカラカラだよ」と答えると、「内緒だぞ」と言って、簡単なものを作ってくれた。

いつもは、満足するくらいの氷を食べた後、見つからないようにベッドの下にちょこんと座る。そして、「看護婦さん、ベッドから落っこっちゃった、助けて」と大きな声で呼んだ。

●北養護学校へストレート入学

6歳になると、誰でも小学校へ行く。ただみんなと違ったことは、ちょっぴり特別な学校。生徒9人に対して、先生は2人もいた。

養護学校は、療育園と同じ敷地内にあったから、車や自転車はもちろん誰とも接触することなく着いてしまう。通学時間は約3分。体育の授業がない日は、往復を計算しても6分の日照時間だから、このころの写真を見ると顔は青っちろく、体型はボテボテ、おまけに生活に緊張感がない環境にあったためか、どこかとぼけた笑みを浮かべている顔が印象的だ。たとえると、そう大嫌いなブルーチーズの香りを恐る恐る嗅いでみようとしている瞬間みたいな顔である。

授業は、午前中だけ。本当に貴重な学習時間であった。午後からは厳しく、辛く、痛い機能回復訓練がいつも待っていた。

●教科書がない

そう、本当になかった。生徒の障害はさまざまで、学力の差も大きい。状況が十分に理解できないながらも、精神的な葛藤やいくつかの疑問がいつもあった。

音楽は歌を歌う。ただひたすらに歌い続ける。「森のくまさん」みたいに、どの歌も輪唱しながら、先生に続いて歌うのである。

体育の授業は、体を動かす。記憶しているのはプールしかないが、ひどい泣きべその写真が残って

いる。いったん水に対して恐怖心を感じてしまうと、水→恐い→緊張→沈むのメカニズムが体内に記憶され、これは今でも引きずっている。

理科は、忘れられない。こっぴどく怒られた出来事がある。おたまじゃくしの卵をどこからか入手して、みんなで観察記録をつけていた。ある日、ひとりで教室に留守番させられて、すごく暇だった。何もすることがないほど、苦痛な時間はない。遊び心をもたないように耐えていたが、我慢できずに……。おたまじゃくしのほうへ車イスの車輪を一生懸命に回して、移動した。

透明な丸い入れ物に、なぜか2本の割り箸が置いてあった。卵に箸。ひとりで暇。いろんな状況がそろってしまったら、もうつぶさずにはいられない。ひとつ、ふたつとプチプチしていく。面白い。つぶせることにも喜びを感じてしまい、何かに取りつかれたようにひたすらに続けた。最後の1個をつまんだ瞬間、ことの重大さに気づいたが、もう遅い。あとはあなたの想像どおり、単独説教を速やかに受講した。テーマはもちろん「命の大切さについて」。

このあたりまでの教科に関しては、大きな不満はない。でも、せめて国語と算数には教科書がほしかった。学校と教科書はワンセットで、一種の憧れだったのかもしれない。純粋に学校は勉強するところで、学んでいくことを楽しみにしていたから、教科書がないのは単純にショックだった。

算数の授業を回想してみる。「1＋1＝2」これを教えるために、先生は家からリンゴを持ってくる。

先生「この赤いリンゴ、おいしそうでしょう。先生の家に実っていたのよ」

直子「うそだぁ～。あんなに立派に実るわけがないもん」（心の声）
先生「さて、ここに1個のリンゴがあります。○○くん、聞こえてるかな？」
直子「十分に聞こえてるから。それで？」（心の声）
先生「このリンゴとこのリンゴを合わせると、いくつになるでしょう？」
直子「先生、2」（本当の声）
一生懸命大きな声で答えているのに、ちゃんと聞いてくれない先生。わかっているから答えているのに、生徒全員が理解できているわけではなくて、先生の笑顔はどこか苦く重かった。そして、なかなか先に進めようとしてくれない。
「こんな簡単な足し算に、どうして数時間も数週間もついやすのだろう」
「クラスのみんなは何でわからないんだろう？」
頭でクリアに理解できなかったが、我慢できないものが蓄積されていることだけは、確かに感じていた。知能的遅れがなく、言葉も十分に理解できる状況で、これらの授業はあまりにも苦痛だった。

◎小学校2年生で、まだ足し算

身体の訓練よりも、いっぱい勉強がしたいのに、現実は思うようにいかない。いつまでたっても進んでいかない授業に、少々いらだちを感じていたころ、すごい事実を知ってしまった。

通い始めた近所の英会話教室で一番仲のいい、1つ上の友達に聞いてみたのだ。

「2年生の算数って、何の勉強をしてた？」

「掛け算。九九よ、九九」という答え。

何それっていう感じだったが、漢字も勉強していると知ってしまうと、危機を感じた。

「えー、なおちゃんの学校って、まだ漢字教えてくれないの？」

漢字を書くなんて当時は見当もつかない話で、5㎝方眼用紙になんとか平仮名が書けるようになったことを喜んでいる段階だった。

「どうして、こんなにも勉強に差が出てくるんだろう。学校はどこでも同じじゃないの？　養護学校は、障害をもっている人に校舎が使いやすいだけで、勉強内容はいっしょじゃないの？　ウソつき！　全然違うじゃない」

小学校2年生でまだ足し算をしていたことが、とても信じられなかった。

「このままではヤバイ！　近所の友達においていかれる」

それがきっかけになって、冷静に養護学校を見てみると……。英会話教室みたいに元気に歩ける友達がいない。外泊で見かける制服姿を、敷地内で見たことがない。養護学校は高校までだけど、その後はどこにいくんだろう。考えれば考えるほど不安になっていった。

消せない学校への不信感に、家族や地元の友達とずーっといっしょにいたいと思う気持ちは日増しに拍車がかかる。どうしても毎日いたい、同じ学校と思うようになって……これがゆくゆく転校の直接的原因になる。

3　普通の小学校へ行く！

●知らなかった現実――普通校への道

歩けないから、車イスに乗っているだけだと思っていた。生まれたときから障害をもっていると、そうしか理解できない。家族も、同じだったにちがいない。

そのころ、4年間取り組んできた機能回復訓練に大きな成果が見えなくなっていた。敷地内の養護学校に進学はしたものの、「歩けなくてもいいから、家族と暮らしながら地域で勉強がしたい」という我が子の熱烈なるアプローチに、両親は根負けしたのだろう。それに、長い将来を考えると、歩くための訓練より教育を優先させたほうがいいと、判断したという。

転校する。養護学校から地元の普通校へ行く。ただそれだけなのに、普通校で勉強するまでの経緯が、どうしてこんなにも大変になってしまうのだろう。

当時を懸命に思い出しても、両親の笑い声、家族5人での旅行など楽しいことばかりで、転校についての両親の苦労に気づきもしなかった。ただし、父や母の顔を見るたびに、英会話教室の友達に会うたびに、「同じ学校へ行きたい」とねだっていたのは、昨日のことのように覚えている。「ねっ、ねっ、いいでしょ！　普通の学校へ行く。どんなことがあっても、絶対に頑張るから」としつこく訴えていた。二人は優しく「直子の気持ちは、ちゃんとわかったから。きっと大丈夫だから」と、いつでも安心させてくれたが、そんな言葉とは裏腹に、「手続き」という面で、転校までは容易ではなかったようである。

手元に、父が書いて草加市教育委員会に提出した一通の趣意書（76年11月）が残されている。これを出して交渉を重ねなければ、受け入れてもらえなかった。子どもの思いを現実にするために、訴えなければならなかったのだ。母は話合いの場で、涙を流してしまったという。我が子に教育を受けさせる環境を得るために戦い抜いた足跡は、今でも立派に残っている。以下に、その趣意書を紹介する（原文のまま。ただし、一部省略してある。また、これは『人権と教育』52号（77年1月）に掲載された）。

直子が北療育園に入園して、すでに三年半の月日が流れましたが、このほど、入園しながら治療、訓練も一応終了となったため、退園するはこびとなりました。したがって私どもは、これをきっかけに、直子を北養護学校から学区の草加市立新田小学校に転校させる心積りです。

草加市の自宅から北養護学校への通学が不可能であること、これが理由のひとつですが、それだけではなく、退園した直子にとって地域の小学校で多くの友達と共に学ぶことが何よりも必要なことと考えたからです。

直子の生い立ち

生後まもなく私どもは、直子の体の動きの鈍さに気づき、世田谷区にある国立小児病院で診察を受けました。明けても暮れても検査の連続で、脳性マヒという病名がくだされた時、直子はもうすでに一才八カ月になっていたのです。

それから間もなく女子医大病院に回され、そこから現在入園中の北療育園を紹介されました。しばらくは外来で訓練・治療を受けていたのですが、そのうち（昭和四十八年六月入園）手術が必要となり、ここで入院治療を受けることになりました。

手術後の治療・訓練は順調にすすみました。また、幼年期の入院生活で心配された精神的動揺も少なく、かえって家庭にとじこもっていたときより精神的に安定して来たように思えます。

そして、三年間にわたる治療・訓練を終え、退園することを知った直子は、家庭に帰ったら近くの小学校に是非通学したいと言うようになったのです。

直子の障害手帳には「全身不随」と書かれています。しかし直子の障害の実状は、この文字から想像されるような「全身体」の「不随」といったものではありません。

たしかに直子は、自分の力で立って歩くことは出来ません。したがって、部屋にいるときは、座っているか、寝ころんでおり、体を移動させる時は四つんばいになります。床に座ることが出来ない場所では車椅子を使います。直子は足だけではなく、手の力も弱いので、自分で車椅子の車輪をまわして移動することは少ししか出来ません。また、少し重いものは持ち上げられないのです。

したがって、北養護学校で勉強するときは、車椅子にのせて机のところまで連れて行かねばなりませんでした。しかし、そのあとは机にむかって筆記したり、本を読んだりといった普通の学習が出来ます。

貴教育委員会との話し合いの経過と私どもの考え方

本年六月初めて貴教委を訪れたときには、常田先生が応対に出て下さいました。それ以来常田先生を始め教育相談室の先生方とは五回ほどお会いしましたが、直子の就学問題について熱心に相談にのって下さいました。

その中で、直子の小学校転校について、次のような危惧が述べられたと思います。

一、学級担任の負担の問題

二、普通の小学校では直子の機能訓練ができないこと。

一については、学級児童定数四十五名と言う現状を考えると、先生の配慮が直子にまで行きとどきにくいと言うことだと存じますが、このような現状を考え、私どもは学校までの送り迎え、学校内での必要な介助（排泄・教室移動その他）については、出来るだけお手伝いする積りです。

二については、現状の小学校で機能訓練が行われていないのは事実です。しかしまた、直子には機能訓練も必要であることは事実です。私どもは、この問題解決のために、放課後ないしは休日を利用して、家庭でウォーカー（歩行訓練器）を使って訓練を行ない、必要に応じて病院でのリハビリテーションを受ける積りです。

直子は月二回の外泊日にだけ、わが家に帰ることができました。いまやっと直子との毎日の家庭生活が始まろうとしています。この期におよんで、また直子を遠くの養護学校に通わせることは、それが可能だとしても、私どもとしては忍びがたいことです。

そして、なによりも直子自身が「家に帰ったらお友達と小学校に通いたい、どんなことにぶつかってもがんばるから」といっています。そのことばを聞くにつけ、私どもとしましては何としても小学校転校を実現したいと思わずにはいられないのです。

退園を前にして、直子は小学校転校準備に意欲を示していますが、外泊日で家に帰って来る日を利用して、近くの英語塾に通うと言い出したのは昨年の十月でした。たまたま近所の友達がその英語塾に通っていたことから「私もいきたい」とねだったのです。私どもとしましては、直子に英語を習わせるということより、その積極的な態度に応えてやろう、また近くの友達と接触する場もできると思い、月二回のことですが、通わせることにしました。英語塾までは私どもが連れて行きますが、塾での勉強には私どもの介助も必要なく、友達の自然の協力もあってひとりでやっています。

直子はいま、来春からの小学校通学を思いえがいて、胸をふくらませています。

ここには、両親の愛がぎっしり詰まっていた。今すぐに会いに行って、「これが社会との戦いの始まりだったんだね」とビールでも飲みながら語り合いたくなるくらいに、感じられる愛。

◎家族みんなの後押しで転校が実現

趣意書を持って教育委員会と交渉し、初めは「小学校一日体験プログラム」に参加。さらに、数回にわたる話合いを重ね、やっとの思いで転校が決まった。

無謀とも思える行為を心配してくれたのか、療育園を退園する日、こう言われたそうだ。

「ここを退園しても、再び戻ってくるお子さんが多い」

負けず嫌いな母はこのとき、プラスの意味で自分の胸に誓ったのだろう。

「どんなことがあっても、絶対に戻らない」と。

我が子が抱いてる明日への期待に、母の誓い、そして家族5人がいっしょに暮らせる喜び。「みんなで頑張ろう！」という決意をひとつのパワーにできたからこそ、普通校に通える権利を得られたのだろう。

ひとつだけ現実の問題として認めざるを得なかったのは、学力に大きな開きがあったこと。協議の結果、1学年下げて2年生として、77年4月に転校することになった。

●自然に受け入れてくれた友達

待ちに待っていた学校生活の始まりに、心を躍らせながらも、最初はハラハラドキドキものだった。1日目に感じたのは、人がいる、いすぎるくらいウジョウジョいる、ということ。そして、車イスの人はクラスにひとりだけという状況を、とても不安に感じたものだ。

車イス9台に先生2人のヌクヌクの環境から、突然見慣れないこの風景に、一種の居心地の悪さを感じていた。それまでの養護学校では、車イスに乗っていながらも知的遅れがなかったことに、多少の優越感のようなものを感じていたのかもしれない。「ライバルが突如として44名現れた！　でも、負けてはいられない」というのが素直な感想だった。

とはいえ、学びたくても、学べなかった環境からの脱出は、梅雨明け宣言の次の瞬間に訪れる夏のよう。このときを待っていたとばかりに、自由に羽を思いっ切りのばしてはしゃいだ。

「ぜんぜん楽しい」なんてヘンな言葉だけど、新しい環境ではすべてが新鮮。あまりにも違う毎日にキョロキョロしたけれど、ちょっとのとまどいや不安なんかに負けないくらい、次の日も楽しみで仕方がない毎日が続く。

同じクラスの友達は最初、車イスに乗っていることを不思議がって、ただ遠くからじっと見ていたけど、そんな光景は最初だけ。「本当に歩けないいんだな、頑張ってもできないいんだな」ってわかると、車イスに乗っているままの状態を自然に受け入れてくれた。

●母が休み時間のたびにトイレチェック

体育や理科など教室を移動するときの車イス介助は、友達の見事なチームワークでクリアしていた。ただし、トイレだけは、どうすることもできない。母が休み時間のたびに、チャリンコを10分かっ飛ばしては、「トイレ大丈夫？」とただその一言を聞くために通ってくれた。今思えば、本当に大脱帽。嫌な顔ひとつせず、笑顔で元気にハツラツと、通い母をしていたのだ。

ときには、「友達と秘密の話がしたいから、次の休み時間は来なくていいよ」と言われ、忠実にそれを守って来ないと……。そんなときに限って、急にどうしてもおしっこがしたくなる。次の休み時間、母の顔を見るなり開口一番、「どうして本当に来なかったの！」と怒って、無言のままトイレに超特急したこともあった。

それでも、母は穏やかに笑っていた。スマップの草彅くんに負けないくらい、いい人だ。

●けいじがかり!?

人は恥をかくことによって、成長していく。たとえば大げさに転んだら、顔から火が出そうなくらい恥ずかしい。でも、転んだままじっとしているわけにはいかない。だから、立ち上がる。誰が見ていようと、笑われようと、立ち上がらなければならない。転んだときに初めて手に握れるもののカタチ、重み。立ち上がったときに得られる、ちょっと誇らしげな爽快感。普通学校での出来事は、そんなことの繰り返しだった。

でも、これは今世紀最大の赤っ恥かもしれない。クラスで係を決めるとき、黒板に大きく書き出された文字は、しいく・ほけん・びか・けいじ……。それぞれの係の下に挙手→賛同→名前記入の動作が速やかに行われているとき、ひとつの不思議に気がついた。それは、「けいじがかり」。

小学校2年生だから平仮名で書かれていたその文字から連想したのは、もちろん人気ドラマ『太陽にほえろ』の刑事。療育園と養護学校の生活では情報も限られていたから、知っていることの範囲はかなり狭かったのである。

前の席の友達に「このクラスに犯人がいるの?」と聞いて、大爆笑された。

●築山体験

今度は体育の時間の話。校庭の隅っこにすごく存在感のある築山《つきやま》があった。ちょっとしっかりめの土をドサッと置いて固めただけみたいな、凸凹の山。コンクリートのトンネルもあって、学校の人気スポットだ。でも、私は近づいたこともなく、感想は「ふ〜ん」ぐらいなものだった。

先生が突然「今日はこの山にみんなで登るぞ!」。

その言葉を聞いて、ちょっとドキドキした。「みんな?」。

ヤバイ!と思った瞬間、車イスのまま、山のてっぺんへとドンドン運ばれていく。気持ちよさなんて感じる余裕もなく、みんなに救いを求めてもニヤニヤするだけの、超悲惨な光景を受けとめるだけで精一杯。

先生の二言目は、「みんな、下りろ」

そして誰もいなくなり、先生とふたりきり。車イスは無残にも、先に山の下に放り出された。

「どうやって下りるんだろう！」

怒りに近い不安ばかりが込み上げる。

「さっ、直子もひとりで下りてみるか？　恐いか？　ゴロゴロと転がっていけばいいんだ」

いとも簡単に言ってくれるではないか。

こうなったら意地だ。下りていくしかない。勇気を出して、みんなを眺める。遠い。ちっちゃく見えるし、本当は恐い。でも、飛び込んだ。そして転がった。ひとりでちゃんと転がって、真っ黒になってドスンと着いた。喜びとか達成感というよりも、「生きてる！」と一瞬にして身体全部で実感できた、重くさわやかな瞬間。

そんなことをフワフワと考えていたら、さっきまで心配そうに見ていたみんなが駆け寄ってきた。そして、土の汚れを落として抱え上げ、車イスに乗せようとしている先生に向かって、「いやらしい。直ちゃんのおしり叩いてる」と冷やかしていた。

その後みんなでグランドにある水道までぞろぞろと歩いて行き、水を飲んだ。夢中になって飲んだ。顔も体操服もビチョビチョになるくらいに。何の味もしない水をこんなにおいしいと思ったことはない。感動だった。みんなと同じ運動をして、同じ水が飲めて、同じ笑顔でいられることが、何よりうれしかった。

●体育の時間に殺意

またまた事件は、体育の時間に起きた。今度は心の問題だ。

養護学校での体育といえば、どんな種目に関しても完全参加だった。でも、転校してから、体育への参加スタイルは大きく変化してしまった。できる種目だけ。つまり見学か自分なりのスタイルでの参加だ。とはいえ、大半は見学だった。

じっとしていることが、こんなにも辛いとは、思ってもみなかった。体育の授業の始まりは、いつだってストレッチ代わりにトラック3周で、みんなが固まりになってドタドタと走る。余裕のある友達は手を振ったり笑顔でこたえるが、日陰でポツンといることは本当につまらなく、いじけていた。心まで健康じゃなくなってくる。

みんなが遠くに見えるときは、大きな砂ぼこりがドンドンとこちらに向かって攻めてくるような気がして、恐くて仕方ない。足音。地響き。ほこり臭さ。走り抜けていくときの風。うまく言えない初めての気持ちだった。2周目になると、さっきまでひとつに固まっていたみんなが、少しずつバラけてくる。砂ぼこりの中からちょっとずつリアルに見えてくるみんなの足。

悔しくて、見ていたくなくて、もどかしくて。「みんなの足なんか、折れちゃえばいいんだ」って、思った。

生まれて初めて、歩けない身体を認めなければならない瞬間だったのかもしれない。

カエル式大掃除

掃除だってチャレンジした。どんなことだって、やってみなければわからない。黒板のチョーク落とし係や窓拭きなど、車イスのままできることをしていたが、すぐに終わってしまうし、した気がしない。そうだ。一番大変そうな雑巾《ぞうきん》がけをやろう！

みんなは十分に絞りきれていない雑巾の上に小さな両手を乗せ、中腰になりながらスタスタと拭いていく。頑張ってみようと思った。同じ格好ではちょっと無理だけど、とにかくやってみたい。

先生が抱っこして車イスから床へ下ろしてくれる。友達が雑巾を絞っ

てきてくれたら、準備はＯＫ。広げられた雑巾と、不安そうなみんなの視線を受けながら、初めての雑巾がけだ。

四つ這いはできなかったが、握りこぶしで両手をつきながら、いざることはできた。両手で雑巾を前に滑らせ、膝を抱え込むように胸のほうへ一気に寄せる。手をついて、ピョンと身体を縮め寄せる。ペタッ、ピョン。ペタッ、ピョン。まるでカエルのようなスタイルにみんなはキョトンとしていたが、気がつくと直子親ガエルの後には、子ガエルがいっぱい。楽しく掃除ができた。

ひとつだけ困ったのは、ズボンしかはいていけなかったこと。それも、結局そのズボンも「もうひとつの雑巾」となるわけだから、いいズボンをはいていけなかったことである。

でも、何もかも同じ。同じがよかったし、同じが一番。

●ものめずらしさからの出発

そんな毎日を担任の山中先生が「ものめずらしさからの出発」と題して記している（『人権と教育』60号、77年10月）。

友だちを作る

四月八日。直ちゃんは、他の転入生といっしょに一かたまりになっている。もちろん車イスの横にはおかあさんが……　彼女はいったい何を想っていたのだろうか。転校準備のため事前に数回この学校に来ているものの、緊張している様子がわかる。

クラス発表後、教室へ。直ちゃんは廊下側の一番前の席。「みんな二年生だね。もう赤ちゃんじゃないんだゾ。一年生に笑われないようにやろうね」と、いささか説教じみた話の後で、「二年生になって一番やりたいこと」を一人一人発表してもらった。「体育をがんばる」「ソフトボールをする」「勉強をがんばる」等、ありきたりの抱負が多い。最後に直ちゃんの番がきた。直ちゃんは、小さな声で「友だちを作る」と。そうなんだ。集団の中で自己を構築していく事が一番必要なのだ。一人一人が四十五人の仲間とけんかし、笑い、もまれる中で学んでいくのだ。

子どもたちは、何の抵抗もなく直ちゃんを受け入れた。事前に一日仮入学を経験した成果であろうか。「あ、あの子見たことあるよ」という声があちこちで聞かれた。

物めずらしさのせいか、直ちゃんのそばに寄り、「車イスってらくちん?」「いつから病気なの?」と聞いたりしている五・六人の女の子。遠まきにして、「どうやって鉛筆もつのかな?」などと観察している男の子。車イスにさわりたいせいか、または乗ってみたいのか、直ちゃんをとりまく輪はしだいに大きくなり、車イスはそのままクラスの中にとけ込んでしまった。

私の心配をよそに、子どもたちは子どもたちなりに反応し、そして、解決してしまうのだろうか。子どもたちは、直ちゃんが車イスに乗り、体を自由に動かせないという事実を事実として感じとっている。また同時に、自分たちといっしょに考え、学んでいくのだということも知っている。それは単なる同情ではない。ある男の子は家に帰ってから父母に、「直ちゃんてえらいんだよ。鉛筆なんかこうやって持って書くんだよ。ぼくもがんばらなくっちゃね」と、右手の人さし指と中指との間に鉛筆をはさみながら語ったそうである。直ちゃんは確実に他の子どもたちに影響を与え始めた。

遠足を転機に

子どもたちは直ちゃんを素直に受け入れたが、直ちゃんの方はそうはいかなかった。注意深く友だちの様子をうかがっていた。もっともそれは無理からぬ事であった。休み時間ともなれば、四十四人が所狭しと走りまわる。大声をあげて、ギャーギャー、ピーピーなのであるから。授業中に、「答えてみるか」と聞いても、首を横にふり「ううん」。家に帰ってからは、「つかれたあ」といってドタンと横になってしまう日が続き、リハビリ（手足の機能訓練）も思うにまかせない日々が続いたそうである。しかし、学校生活自体は「ぜんぜん楽しい」（本人の言葉）そうであった。

四月二十日。清水公園への遠足。土手を歩いたり田んぼ道を通ったり、かなりの行程を歩いた。教頭が、車イスを全行程の半分近く押した（あとはおかあさん）。子どもたちは、車イスの横にしがみついたりよじのぼったりしながら、直ちゃんのまわりを歩く。途中の土手で小休止。土手をころがったり、ひっくりかえったり。直ちゃんも大声を出して遊んでいた。私がどうこういうよりも、子どもたちは、遊びの中で親しくなっていく。

遠足を転機に、何でもやりたがる本来の性質が芽を出してきた。体育で「さかあがり」をやっていた時、「やるか」と声をかけると「うん」。私は、おかあさんと顔を見合わせて思わず苦笑い。結局二人でだきかかえるようにして一回転。そばで見ていた子どもたちは、「うわー、手をつかわないでまわった」。マットでは、友だちの声援を受けてドタンバタン。私にだきかかえられて、ウレタンマットの上にドスン。何でもやりたがる。

ビリになっちゃったけど、完走したよ

一日のうち、二、三回は挙手をするようになった。声も以前よりは大きくなった。いやがらせなどをされると、帰り会で発表する。漢字の男女対抗戦の時も、長いチョークさえ用意しておけば、まわりの友だちに黒板の前まで押してきてもらい、上手な字を書く。自由に動けない点を除けば、他の子どもたちと何らかわりはない。

ちょっと失敗

下校時、ちょうどおかあさんがいなかったので、子どもたちだけで車イスを押させた（四月中は、おかあさんは常に教室外に待機していたが、五月からは、登下校時、それに十五分休みと給食時に学校に来る）。子どもたちは自分たちだけで直ちゃんを家まで送るのだという喜びのためか、たぶんワクワクとしながら帰ったのだろう。途中で小石にのり上げ、もう少しでドブに落ちそうになったそうである。それ以来、路上で友だちに押されることに対して、いささか恐怖心を持ってしまったようである。ちょっと失敗。しかし学校内ではそのようなことはない。二、三段の階段なら、四、五人がワッと集まり、すばらしいチームワークを発揮し、車ごと移動してしまう。我先にと手伝いたがるから不思議である。

子どものきびしさ

清掃時の子どもたちの眼はきびしい。直ちゃんはもっぱら、床ふき専門である。私だったら、「直ちゃん、疲れたら休んでいていいよ」となるのであるが、子どもたちの間ではそうはいかない。ちょっとでもサボっていようものなら、「直ちゃんずるい」と非難される。机を運ばない(運べない)のだから、床をふくのは当然という様子である。子どもたちは直ちゃんを許さない。床に正座するようにしてすわり、両手で雑巾をおさえ、体ごと移動して床をふく。大した労働である。

直ちゃんのグループは、他のグループに比べて、そうじさぼりが少ない。

給食の時、ストローくばりをやらせる予定であった。しかし、給食時はまるで戦場。その中を車イスで移動する事は全く不可能。私はあきらめていた。ある日、直ちゃんがパンを配っているではないか。隣りには一年生のときよく女の子をいじめていたと聞くA君が補助をしている。友だちの助けをかりてではあるが、配膳に参加したのだ。大きなパンの箱をずらして半分を車イスのひじの所にかけるようにして。私が考えている以上に子どもたちは直ちゃんの事を考えているようだ。たとえそれが、「なおちゃんだけやらないのはずるい」という意識にもとづいているとしても。

*

一学期はアッという間に過ぎてしまった。四月に考えていたよりも意外と簡単に。私がどうこうするというよりも、問題(現実)を子どもたちの前に提起するだけですぎてしまった。

直ちゃんは四十四人に働きかけている。四十四人は直ちゃんに働きかけている。そして四十五人はその集団の中でかかわりあっている。彼らは徐々にではあるが変革し始めている。

●入賞した鶏の版画

図工の時間に、飼育小屋の鶏をスケッチして、それを版画にする授業があった。みんなでグランド脇にある小屋に行き、自分のポジションを確定する。車イスの肘置きに画板をセッティングして、描き出す。絵は大の苦手である。

みんなは鶏が動くたびに、ちょこちょこ、ちょこちょこ気分転換している。座ってみたり、寝そべってみたり、いろんなアングルからスケッチしている姿を横目で見ていた。こちらは、そうはいかない。臭い小屋の前、じっと耐えるしかない。

なんだか急に早く終えたくなって、紙いっぱいに大きな鶏を描くことにした。みんなはていねいに何羽も描いているし、上手い。でも、そんなことは関係ない。自分にしか描けない鶏を、目標にしてしまったのだ。

大きな鶏に、ひよこの親子。版画にするとき、とさかと羽の部分に温かみを出すために、毛糸をボンドで貼ってみた。ん！　力作。この作品、恐いことに学年代表に選ばれ、さらにその先までいけたそうだ。スケールの大きさが評価のポイントだったらしい。

こんな小さなことが、ちょっとした自信へとつながっていく。

●児童会副会長に立候補

4年生になると生活リズムもできあがり、簡単に時間が過ぎていき始める。養護学校にいたがゆえに生まれた学力差も、先生の熱心な指導のもと、居残り勉強の甲斐あって同じレベルになってきた。毎日が楽しくて仕方なかった。

5年生のある放課後、担任の先生から「児童会に立候補してみないか」と突然言われた。大勢の前で話すなんて、恥ずかしくてとんでもないと思ったし、簡単に引き受けられる責任ではないから、心の中での答えは完璧にNO。でも、いたずら心も手伝って、ちょっとだけ頑張ってみたい気もした。初めての大きな目標をもつのも悪くないかなって。

毎日悩んでいたら、やってみたいから悩んでいるのかもしれないと思うようになり、家族や友達、上級生、みんなに支えられ、副会長に立候補を決定。決めたらとことんやってみようと、よく目立つポスターを作り、立会演説会までの日々、余すところなく戦った。

やってきてしまった当日、あんなに恥ずかしがっていたことがまるでウソのように、けっこう堂々と演説をした。今でも覚えている、くさいくさいワンフレーズがある。

「(前略) みなさん。名前を覚えてください。上から読んだら、こじまなおこ。下から読んだら、こおなまじこ。投票用紙の副会長欄には、ぜひ、こじまなおこと書いてください。よろしくお願いします」

「お前は山本山か」って感じだが、本人は至って真面目に語っていた。

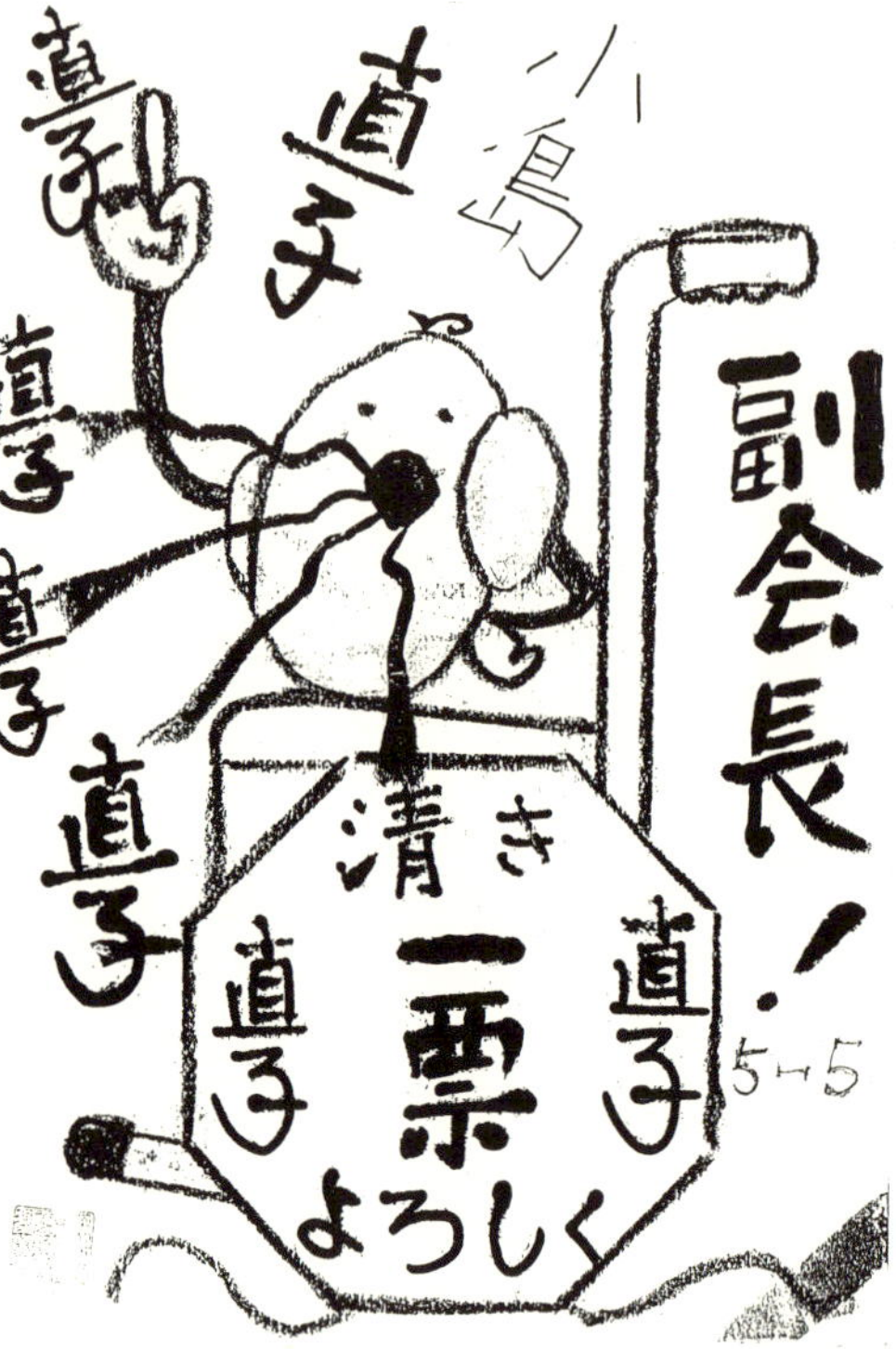

開票の朝、胃が出そうなくらいどきどきしながら学校へ向かった。みんなが「直ちゃんおめでとう、よかったね」と言われても、状況が理解できない。そうか、勝ったんだ。ヤッターと、徐々にうれしさが込み上げてきた。恐ろしいことに、直子副会長が誕生したのである。

この責任重大な任務は、多くを学ぶ場にもなった。定期的に行われる代表委員会では、みんなの意見を取りまとめていかなければならない役割だったために、いろんな人の意見に耳を傾けていく。知らず知らずのうちに、コミュニケーション技術はみがかれていった。また、「このままの自分でいいんだ」という自信もついて、積極的になる。以前は教室でおしゃべりしていた10分の休み時間でも、外へ出て遊ぶようになった。

児童会副会長は、そこはかとないチャレンジ精神と、大きな自信を運んでくれた。

あまりにもうまくいきすぎていたから、ちょっとは立ち止まって考えてみて！ということだったのかもしれない。

◎養護学校義務化への反発

5年生のある日、先生から「小島さんだけ5・6時間目、保健室へ行ってください」と言われた。大の不得意とする図工の時間であったから、「え〜、みんなにまた遅れるのに……。何なの？」と不思議で仕方がなかった。それも、ひとりだけ。

行ってみると、待っていたのはなんとテスト。見たことのない人がいて、「学校は楽しいですか？」「友達はたくさんいますか？」などと聞いてくる。「決まってんじゃない」と思いながらも、「はい」と答え、趣旨を十分に理解できないまま、テストは静かに始められた。

ちょうどこの年に、養護学校が義務化になったのである。きっと、どちらの学校がふさわしいかという適性診断だったのだろう。

最初は、簡単な算数や積み木合わせのようなもの。ストップウォッチでカチャカチャと測ったり、机の下で何かをチェックしていたが、問題ができていくことに喜びを感じてしまっていた。しかし、2種類目のテストで、できる快感は一転してしまう。

警察は、なぜいるのか？　感謝とは？　ありがとうは、どんなときに言うのか？　必死に答えながら、考えていた。質問者は同じ設問に明確に答えられるのだろうか？　そもそも、ちゃんとした答えなんてあるんだろうか？　どうしてひとりだけ、こんなテストをされるのだろう。理由も伝えられぬまま、1度目のテストは、ともかく無事に終わった。

次の年の同じころ、またひとりぼっちの学力テストが行われるという。もう、我慢できない。決して優秀ではないけれど、勉強だってちゃんとついていけているし、友達とだって仲良く遊んでいる。学校は本当に楽しい。抵抗力がついてカゼもあまりひかなくなったから、欠席もずいぶん減ったのに。それに、もっと頭の悪い友達は、たくさんいるのに、どうしてひとりだけ⁇　素朴な疑問が、自分の中でグルグルミックスされ、収拾がつかなくなり、ついにボイコット。

究極の拒否反応理由は、「だって○○君のほうが頭悪いじゃん！」。

1年前のあの日以来テストに対する疑問を引きずってきていたから、気持ちをどう処理していいかわからなかったのだろう。学校は楽しい。みんなとも仲良し。それだけで十分なのに、車イスに乗っているだけで、何が違うんだろう。障害をもつ人に学校を選べる選択権はなく、「特別な学校を用意いたしましたので、そちらへ」というのだろうか。

冗談じゃないと思った。ここにいたい。明日からもずっと、みんなといっしょに絶対にいるんだ！と固く決意したのである。

遠足で森林公園へ

◎毎日の生活がリハビリだ

勉強とリハビリの両立は、かなり苦しかった。療育園を退園してちょっとの間は、戻りたくない一心で、腹筋、腕立て、立ち上がりの訓練と、自分を誉めたくなるほど頑張った。しかし、日がたつにつれて、身体機能の訓練というより、日常生活の訓練重視へと変化していく。具体的には歯磨きやブラッシング、トイレまでひとりで移動するなど、身の回りの動作を訓練につなげていくリハビリメニューになっていた。

2週間に1度、父が仕事を休める土曜日に、学校を休んでオンボロ車で訓練に通っていた。父とふたりだけのデートはちょっとだけうれしかったが、通園可能な曜日はいつも土曜日。休まなければならない授業がいつも同じなために、どんどん遅れていってしまうことだけが不安だった。その科目は、なんともっとも苦手な図工。絵を描くのも工作も、みんなより時間がかかる。にもかかわらず、それを休むのは現実的にも精神的にも痛かった。

そこで、悩み始めた。この訓練をいつまで続ければいいんだろう？ これ以上めざましい成果が望めないのなら、それはそれとして受けとめていかなければいけないのではないだろうか？

人生、まだまだこれからだ。今、一番やりたいことをやろう。毎日の生活のなかで、この身体とうまく付き合っていこうと決めた。痛く苦しいだけの、機能回復のためだけのリハビリではなく、楽しい学校生活と暖かい家庭の中で、身体に残された能力を発見し、育てていく日常生活のリハビリへ切り替えよう。そう、目ざめた。

4　平和な3年間・中学生

●周囲に感謝の楽しい毎日

初めての制服に、ちょっとだけ初めてのお友達（2つの小学校の卒業生が1つの中学校に通う学区だった）に、わくわくしていた。推測するかぎりでは、養護学校義務化の関連でまたまたギクシャクし、見えないところでの秘密会議はあったと思われる。だが、先生も両親も、みんなと進級することが当たり前のように接してくれていた。

小学校での生活との大きな変化は、ほとんどなかった。毎朝、母が車イスを押して登校し、教室まで送ってくれる。カバンから教科書を取り出し、机の中にセットしてくれたら、そこでバイバイ。母は学校に置かせてもらっている自転車で、いったん家に戻る。滞在時間約30分間ごとに、家族みんなの洗濯、掃除、買物などを能率よくすませては、また学校へ向かう。休み時間5分前には教室の前で待機をして、おしっこチェック。階違いの教室で授業があるときには、友達といっしょになって階段を助けてくれる。

毎日この繰り返しだったが、大変な顔ひとつせず、「じゃあ、また次の休み時間ね」と大きな声で笑顔を振りまきながら去っていく母に、いつもいつも感謝していた。

大きなアクシデントやハプニングもなく、記憶もあまりないほどに、平和な毎日。先生や友達に手を借りれば普通の中学生でいられたし、生活面では家族の理解と協力があったから、安心して楽しく過ごせていた。体育は見学、音楽はリコーダーの代わりに木琴というように、みんなとまったく同じではないけれど、自分なりのスタイルを見つけて参加したものだ。

好きな人も、たくさんいた。この人以上にかっこいい人なんているはずがないとまで思えたM先輩と、クラスメートのいたずらっぽいKくんとは、ちょっと本当に好きだった。バレンタインデイにチョコレートを渡すだけのために最高のおしゃれがしたくて、近所にあったイトーヨーカ堂に、当時流行っていた折り曲げると違う色の出てくるズボンと、それに合うセーターを買いに行き、夕方「これ、チョコなんですけど……」と一言なんて思い出もある。体育のときに頭にキュッとしばる、クラ

クラスのみんなで大合奏

ス別に色が分かれたはちまきをもらっただけで、Ｓｕｐｅｒ ｈａｐｐｙを感じていた、可愛い中学生だった。どこから見ても、ごく普通のキャピキャピマゴギャル。ただひとつ違っていたのは、車イスに乗っているという形だけ。

●車イス用トイレの懐かしい思い出

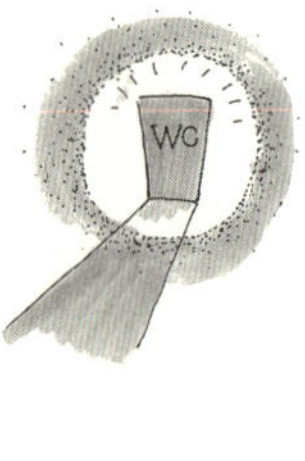

設備面で中学校になってから楽になったのは、車イス用トイレが最初からあったこと。校舎1階の隅っこにそれはポツンとあって、半・小島直子専用になっていたが、スキーや部活動で骨折したり捻挫した生徒も、利用していた。実は、このトイレには、ちょっと助けられた「今だからごめんなさい話」がある。

2年生のある朝、担任が突然「今日の午後のホームルームで、持ち物検査をします」とさわやかに言う。生徒は大パニックとなり、あわてふためきまくってしまった。聖子ちゃんにキョンキョンと、ちょうどアイドル全盛期。袋状になった透明下敷に、『明星』とか『平凡』などの雑誌から好きなアイドルの切り抜きを、今でいう手作りパウチッコのように挟んだり、生徒手帳にシールをベタベタと貼っていた。でも、これは校則違反で、みんな隠れて持っていたのだ。検査で見つかると没収で、どれだけ大切なものでも、返される保証はない。

観念して「さようなら」と俊ちゃんにお別れを告げている子もいたが、そんなに簡単に手に入れられないアイドルを好きになってしまった者としては、あきらめられない。「それは誰だ！」というあなたの声が聞こえてきたから、こっそり教えちゃおう。当時一世を風靡した名ドラマ『日当たり良好』に主演したり、歌手でもあった、竹本くん。

絶対に渡せない。だから、懸命に考えた。隠そう。それしかない。そうだ！　あの車イス用トイレだったら、絶対に見つかるはずはない。ただし、ひとりでは隠せないから、共犯者が必要だ。かなりのマニアックなものを所有していて、しかも口の固い女の子を選んで、休み時間に実行した。

車イス用トイレには斜めに取り付けられた鏡があり、横にスライドさせると壁との間に生じた若干のスペースがあることを偶然に発見していたから、そこにこっそりと隠すことに成功。もちろん無事に検査から免れ、ほっと一安心したトイレの思い出だ。

◎今したいことをしよう

とにかく英語が大好きで、この科目だけは一生懸命勉強した。小さいころ英会話教室に通っていたから、恐怖心なく入っていけたことが、好きになれたきっかけかもしれない。その興味は授業だけでは止まらずに、放課後のクラブにも入ったのだが、そこに待ち受けていた楽しみは、別のものだった。

英語クラブの名物部長のK先輩は、胸ボーンで外見は明らかに女性だったが、たくましく人情味あふれる性格。家が近所だったので、よくいっしょに帰った。突然ガラガラ声で、

「直ちゃん、くだもので何が好き？」

「いちじくかな」

「よっしゃ。あそこを曲がったとこの2軒目がうまいんだよ」

……沈黙。心の声「それって、泥棒じゃぁないの？」

「行きましょう。先輩っ！」って言った日を皮切りに、自分の中にある何かが動き出した。

美味しければいい。楽しければいい。くだもの泥棒はよくないけれど、それをとおして収穫したことは、大きかった。なんて自由に、気ままに生きてるんだろう。意の向くままに行動し、人の都合なんて考えない。そんなことはどうでもよくて、今したいことのためだけに動く。そんな先輩にドキッとさせられたのだ。

普通学校に転校して以来、「したいこと」より「できること」を選択してきてしまった気がして、自分が小さく感じられた。みんなみたいになること、普通に近づくことを目標にしていたから、一種ぶっちぎれてしまっている先輩が、かっこよかったし、輝いて見えた。

指のトレーニング

英語クラブに入部したからこそ出会えたのは、電動英文タイプライター。海外の人に送る手紙や好きな洋楽の歌詞を打ったりしていた。キーボードに軽くタッチするだけで文字が羅列されていくこの機械には、大感動だった。「これならできる」と思った。

一日一日の積み重ねは、自信の幅をどんどん拡大していく。できなかったことができるようになり、できることに楽しみまで感じられるようになったら、もうこっちのものだ。

客観的に見ると、好きでガチャガチャといじっていたタイプライターが、実は指のトレーニングにもなっていたりするから驚く。自然の流れから生み出される産物は、すごいパワーをもっている。

一から作り上げていく達成感

2年生の秋、英語弁論大会の出場希望者が募集された。通常は、グラマーの教科書から「むじな」や「ハンプティ・ダンプティ」を暗記するというスタイルだ。結局、学校代表メンバーのひとりに選ばれたので、やるしかない。みんなみたいになりたいけれど、みんなとすべてがいっしょというのは嫌だったから、暗記する英文を自分で作ることにした。タイトルは、「My Family」。

「My Family is the best. Family is the most important for me. I believe so.」

今でも、この文章と小学校6年生で覚えた日本国憲法前文だけは覚えている、と自信をもって言えるほど、言葉が身体に染み込んでいる。

文法や熟語なんて最低限あっていればいい、大切なのは伝わることだと勝手に思い込み、自分の世界に入っていた。しきりに辞書をめくり、単語を組みたて、先生にチェックしてもらいながら、作り上げていった。

コンテスト当日、電車を乗り継いで会場まで行き、もうここからは逃げ出せないんだぞ！という状況に追い込まれた緊張感で、心臓はオーバーヒートしちゃいそうだった。大ホールで流暢に演説していく他校生徒を見守り、いよいよ順番だ。

たどたどしく、thの発音に気をつけながら熱弁した。結果は全然ダメだったが（おやじギャグになるが、せめて〝頑張ったで賞〟くらいはほしかった）、ひとつの形に作り上げていく面白さを十分に感じられて、ものすごい達成感があった。

初めての挫折

とうとう、この時がやってきた。卒業を目前にしての難関。Ｔｈｅお受験。これから進む新しい学校には、見慣れた笑顔や困ったとき助けてくれた友達は、もういなくなる。

志望校は、英語に力を入れていた私立の女子校。英語が好きだったし、英語クラブのときに一方的ではあったが、各国の中学校に文通したいと手紙を出していたから、自分の中で世界はどんどん大きくなっていって……。こうなったら英語をものにして世界を舞台に活躍したいという気持ちで、意気込んでいたのである。先生との進路面談できちんと意志を伝えたときも、何の問題もなさそうに聞いてくれていたから、学力的にも大丈夫だなって勝手に思ってしまっていた。

ところが、ある日の放課後、先生に呼ばれ、志望校の見解を伝えられた。

「ひとりで家から通学ができて、身の回りのこと（クラス移動・着替え・排泄など）がひとりでできなければ、受験は認められない」

納得できないし、意味がよくわからなかった。ただただ、告げられていく言葉の一言一言を受けとめるだけで精一杯。目標は一瞬にして崩れ落ち、初めてのお受験で、初めての挫折。社会ルールの厳しさを目のあたりにした。今だったら、絶対に「はい、そうですか」なんて簡単に引き下がったりしない。だけど、当時は生きる術の選択肢に幅をもっていなかったから、黙って息を飲むしかなかった。

再び受験さえ拒否されるのが恐くて、私立校は選択肢からはずした。希望をもっていても、現実を叩きつけられると不安になる。受け入れてくれる高校、あるのかな？　受かって通い始めたとして、3年間も大丈夫かな？　こう考えるうちに、行きたい高校よりも、通いきれそうな距離にある県立高校にしようと思い始める。

私が住んでいた埼玉県草加市には当時、東西南北に4つの高校があり、わが家はちょうどその中心だった。歩ける範囲での通学（約30分圏内）となると、通える学校は2つしか残らない。伝統のある草加高校と、新設されたばかりの草加西高校。失敗したら高校浪人になってしまう。それだけは、なんとしても避けたい。

だから、悩んだ。頭を抱えた。両校の校長先生とお会いして、学校の雰囲気や受入れについて話を聞くチャンスを、中学校が与えてくれた。両校とも「平等な試験のうえ、合格すれば、受け入れましょう」と言われ、一安心。挑戦もしてみたかったけど、大きなミスさえなければ確実に合格できそうな草加西高校に進路を決めた。

●自分色に染める

振り返れば、いろんなことがあった。なんといってもうれしかったのは、母の付添いはあったものの、遠足も修学旅行もすべて参加できたこと。小学校とは違い、友達の体格も頑丈になってきたから、移動教室や課外授業でも安心して車イスを手伝ってもらえるようになった。

もうひとつ忘れられないもの。それは最後のホームルームで、担任の先生が黒板に書いた、「美しく自分を染めあげてください」というサトウハチローの詩。

赤ちゃんのときは白
誰でも白
どんなひとでも白
からだや心が
そだって行くのといっしょに

その白を
美しく染めて行く

ひとにはやさしく
自分にはきびしく
これをつづけると
白はすばらしい色になる
ひとをいたわり
自分をきたえる
これが重なると
輝きのある色になる

毎朝　目がさめたら
きょうも一日
ウソのない生活を
おくりたいと祈る
夜、眠るときに
ふりかえって
その通りだったら
ありがとうとつぶやく

なにもかも忘れて
ひとのために働く
汗はキモチよく蒸発し
くたびれも　よろこびとなる

こんな日のひぐれには
母の言葉が耳にすきとおり
父の顔が目の中で
ゴムマリみたいに　はずむ

生きてきたからには
よき方向へすすめ
からだや心を大きくするには
よき道を選べ
横道はごめんだ　おことわりだ
いそがずに　ちゃくちゃくと
自分で自分を
美しく　より美しく　染めあげてください

（サトウハチロー『あすは君たちのもの』より）

淡々とこの言葉たちを板書し、しっかりとみんなを見つめて、先生はこう言った。
「あなたたちは、これからそれぞれの学校へ行きます。とにかく、初日が勝負です。１日目で、この人は……と判断されてしまいがち。だから、自分をまったく知らない人に会う日に、自分を変えるチャンス到来なのです。貴重なシーンです。この詩を先生は大好きです。とにかく、これからの毎日を自分色に染めていってください。これが最後の言葉です」

あふれてくる涙をこらえながら、「変えてやる！」と意を決した。

5　夢の原点・高校生

ずーっとこのままだったら、いいのになって、いつもそう思っていた。とにかく一日一日を大切にしたくて、時間が足早に過ぎていかないように、じっくりと目の前に起こることを受けとめ、行動していた。精一杯時間を大切にしていても、どんどんと過ぎていく。この時間の経過を遅らせる方法はないかと、いつも考えていたくらい、止まっていてほしかった。暖かい家族、気の合う友達、好きな人に囲まれて、エネルギッシュに過ぎていく毎日は、最高に幸せだった。うつろいやすい時だからこそ、守りたかった気持ち。変化、夢……。いろんな原点は、ここにある。

●苦笑いで入学式

着なれない制服に新鮮さを感じつつ、新しい友達への期待を胸に、元気に初登校の日。片道40分の初めての道を、母は楽しそうに歩いていた。母が押す車イスから伝わってくる歩調のリズムは、いつもより軽やかに感じられ、いいことがいっぱい起こりそうな匂いがした朝。

学校へ着くと、クラス分けの模造紙が貼られていた。自分の名前を探して、クラスへ向かう。知っている人は、同じ中学の友達2人だけ。ちょっと心細かったけど、最後のホームルームの日に担任の先生が言った言葉を思い出し、「勝負は今日だ!」と、自分から声をかけて友達づくりに励んだ。

入学式が行われる体育館へ、新しい友達といっしょに移動。誰かがスタスタと、にこやかに笑みを浮かべながら、歩いてくる。顔がはっきり見えたとき、「僕が担任です」と一言。その瞬間、思わず笑ってしまった。というか、苦笑い。実は、この先生に会うのは2回目だ。

約2カ月前の受験の日、他の受験生の心情を考慮した対策なのか、みんなと同じ教室での受験は許可されなかった。ひとりぼっちでの保健室受験。どことなく薬臭くて、どこまでも広くて、こちらも違った意味で動揺してしまいそうな部屋で、試験監督の先生が見守るなか、たったひとりで戦わなければならなかった。

1時間目はかなり苦手だった国語。小さいころから、人と同じような感想や意見がもてない。「このときの三郎さんの心境は?」といった設問に対して、人並みはずれた回答をし、そもそも国語に正解があること自体おかしいんじゃない!?と思っていた。その結果、大の苦手科目になり、偏差値を下げる要因にもなっていたのだ。

ところが、受験の日はラッキーなことに、かなりいい感じの手応えを感じ、「これで決まった」とまで思ったくらいだった。試験中ずっと机のまわりをウロウロしていた先生は、終了のチャイムとともに、静かに近づいてきて、こう質問した。

「できたかな?」

いつもは決して抱けなかった余裕さえもてていたから、先生の顔を真っすぐに見上げて、短い言葉で、力強く答えた。

「自分にしては、よくできたと思います」

その返答に少し驚いた様子だったが、心の中の気持ちとしては、〝先生は知らないと思うけど、いつもより本当にできたんだもん〞と誇らしげな気持ちだった。

保健室を去る前に、「あと4科目あるけど、頑張ってください。また会えるといいですね」とうれしい言葉を送ってくれたことは、鮮やかに覚えている。そう、これが初対面。

だったから、入学式の日、先生の顔を見て、その日のことが思い出され……。きっとすごく気が強いと思われているんだろうなって推測しての、ちょっと苦笑いだった。

●チャレンジと紙おむつ

数日後のある日、学力テストの上位50人の名前が貼り出された。突然のことでびっくりしたが、もっと驚かされたのは、その中に自分の名前があったこと。確かにうれしかったが、先生は結果だけで「勉強できるんだな。頑張れよ」と言い、友達からは「テスト前、いっしょに勉強しない？」と誘われる。偶然にも、得意な部分が集中してテストに出ただけだから、なんだかむずがゆい変な気分だった。

しかし、この結果は、最大のメリットをもたらすことになる。勉強せざるを得ない環境に、はめられてしまったのだ。遊んで気楽な高校生活を過ごす予定だったのに、負けず嫌いな性格が騒ぎ出して、〝よし、そういうふうに思ってくれているのなら、それはそれで守ってみよう！〟と、心の中で頑張る宣言をしたのである。口には出せない小さな宣言が少しずつ育ち、現実化して、勉強の面白みを感じた瞬間、夢は大きく大学進学へと膨らんでいく。

勉強するってことがこんなにも楽しいなんて、考えてもみなかった。理科や数学は社会生活には無意味だと勝手に判断して、反発していた自分が、少し恥ずかしいとさえ思えた。答えはひとつでも、導き方は何通りもあることを知らなかった。気づけなかった。

視野を拡げると、学ぶということには、学問だけではないものもちゃんと組み込まれていることがわかった。能率よく勉強するための時間の使い方、難問にぶつかってもあきらめずに、角度を変えて取り組む方法、解けたときの達成感や誇らしげな気持ちからくる自信などを身につけられた気がする。学問に対する自分なりの挑戦は、人の心までも豊かにする。こうして、無言のプレッシャーがプラスへと転じていく。

能率よく勉強できるようになると、時間の大切さを痛感した。それがきっかけで大切にしたいと思うようになったのが、休み時間だ。休み時間のたびにトイレをチェックしに来てくれていた母には大感謝だったが、友達とおしゃべりするための時間が急に愛《いと》しくなってきた。また、音楽や化学など特別教室を使う授業も多く、現実的にもゆっくりとトイレをしている時間がなくなった。

そこでひとつの契機と考え、紙おむつをしてみることにした。最初は精神的抵抗が大きすぎて、自

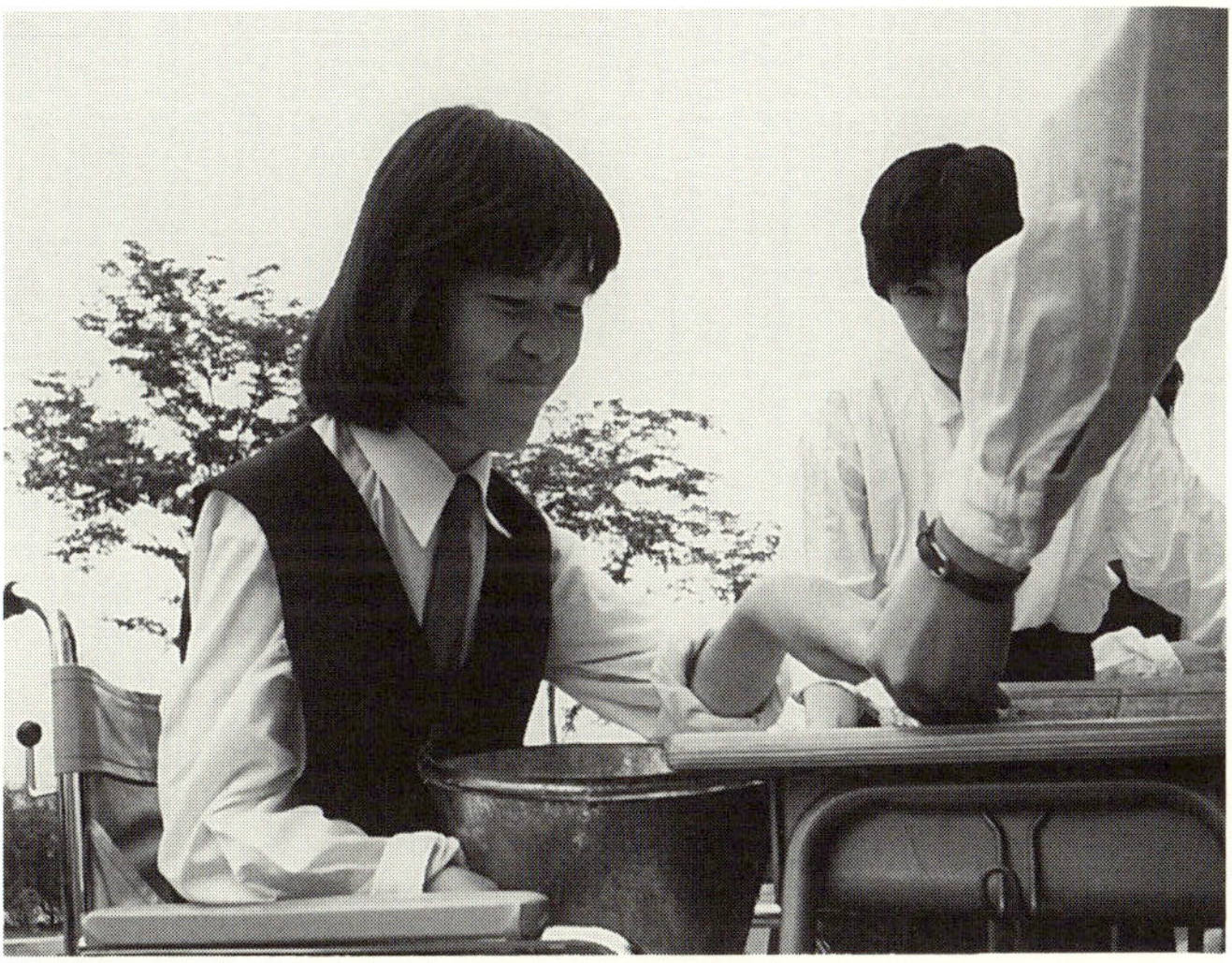

放課後に文化祭準備!!

分で決めたことなのに、ついつい我慢してしまい、なかなかおむつにおしっこできない。新しいおむつに取り替えるのは昼休みだけにし、吸収不可能な状態くらいおしっこをしてしまったときやテープがはずれたときなどの緊急事態には電話をしてすっ飛んで来てもらう約束で、続けていった。

このころから少しずつ、母がいなくても平気な時間の拡大を考え出す。ひとりでも大丈夫な環境。背後に母のいない自分。ひとりになりたい時間。今も引きずっている難問たちに気づき始め、試行錯誤しながらもいろんな術を身につけたいと、苛酷な状況にもチャレンジした。やってみないであきらめるより、やってみてダメだったら、また違う方法を見つけるほうが気持ちいい。

●Going my way

生きているだけなのに、どうしてこんなに！ってくらい、いろんなことがある。感じることもたくさんあるし、見なくてもいいものが見えてしまうときもある。次々とやってくる難問の壁につまずき、誰かに相談したくても、両親や兄弟みたいに近い人ほど、できないものだ。そんなときは、沸き起こる感情をよく詩にした。長い文章を書くことは苦手だったが、少しの言葉で気持ちを形にしていく。思うがままに。

生命《いのち》が誕生したとき
今、君は自分の道を歩き始めた
はてしなく続く道のりを
まっすぐ進んで行け
寄り道せずに
道をまちがえずに
自分の道を歩め

生命が誕生したとき
今、君は幸せだと思え
この喜びと感動を胸に抱き
生きて行け
人を愛する心を忘れずに
人を思いやる心を大切に
Going my way

この詩が誕生したとき、スッと抜け出せた気がした。

自分は自分でいいんだ。みんなと少し違うところがあっても、生きている。そう、ここにこうして生きているじゃないか。それだけでいいんだ。それで、十分。与えられた身体で、今いる状況の中で、自分だけの道を見つけて進んでいこう。ピーンと張り詰めていた緊張の糸が少しゆるんだ。

前よりも少し楽になれた。

11 Nov. 1984

●みちしるべ

大切な人がいた。偶然とは思えないほどの出会い。最後まで顔と顔を向き合わせて話したことはなかったけど、確かにいつも心の支えになっていた。学校の出来事、家族のこと。そして困ったり、泣きたいときには、いつでもその人に手紙を書いた。少々遅れても、返事は必ずくれる人だった。その人の精一杯の言葉で。

ここで2つの手紙を登場させたい。これは今でも一番の宝物。もし、このことを誰かにこうして伝えられていなかったら、今こんなにも優しく自分の障害を理解できなかったかもしれない。

【黒やぎさん】

……略……

私、時々思うんです。

なぜかみんながうらやましいなぁ……って。

そんな時、そんなことを思う自分がとてもイヤで、本当に情けなくなってしまいます。

時には、車椅子に乗っていてよかったなぁと、思う時もたくさんあるのですが。

人のあたたかい心にふれたり、さまざまな人に出会ったり、人間のすばらしさを知ったとき、
私はこれで、本当によかったなぁと思うのです。

……なんか変な話になっちゃって、ごめんなさい。

23 Nov. 1984

【白やぎさん】

あなたは、なにがうらやましいんですか？

僕は、ね。いつも思ってるんです。

誰も他の人のことをうらやましがることはない筈だし、そして、その逆もあり得ないって。

だって、僕自身、誰もうらやましいと思わないし、逆に、誰にうらやましがられる筈もないんだから。

僕はいつだって、僕なんです。

……略……

断じて言いましょう。

僕はあなたに出会って以来、今日まで一度たりとも同情したことはない。

なのに、何故、あなたは他の人をうらやましがるんですか。

たくさんの人をひきつけることのできるあなたが、なんで、他の人をうらやましがるんですか。
一つの命は宇宙にも似て、無限に大きく、広く、それが誰のものでもない、自分のものだというのに、
その大きさ、広さを充分知らないで、他の人をうらやむ、なんてことがあっちゃいけない。
他の人を尊敬したり、慕ったり、愛したり、それが自然であって、
他の人をうらやむなんて、不自然だ。
自分の宇宙を知りなさい。そして、他の人、みんなの宇宙を知りなさい。
人は、ただ、生きているということだけが、同じであって、
もう一つ、死んでゆかねばならないということが、同じであって、
あとは何一つ、同じではない。みんながみんな、全然違うんです。
だから自分は自分、他人は他人。
でも、それだけじゃあまりに淋しすぎるし、それに人は一人では、絶対生きていけないから、
だから、互いに助け合いもし、信頼し合いもし、愛し合ったりするんでしょう。
が、一つ、間違えてならないことは、
信頼や、愛情や、尊敬は、みんなが同じだから生まれるんじゃない。
人はみな、すべて違っているから生まれるんです。
小島直子、直子、人と同じように、なんて思うんじゃない。
自分なりに、生きていきなさい。

そして、自分を尊重し、他の人を尊重し、
持っているものは与え、足りないところは補い合って、
もっと強く、もっと明るく、生きていきなさい。
一度しかない生命というものを、とことんまで充実させて、生きていきなさい。

28 Mar. 1985

【黒やぎさん】

……略……

昨日の夜、うちんちのみんなと近所のおじちゃんとで、スパゲッティを食べながら、討論会。

私のことで、おじちゃんが酔っぱらってたからかもしれないけど、

「こんなにいいお姉さんなのに、どうして歩けないのかね?」

そしたら、お父ちゃんが、「直子、あきらめるんじゃないぞ!!」って、涙いっぱい浮かべて……

私、うれしかった。本当にうれしかったのです。

「私、最初はくやしかった。何も悪いことしてないのに。

お母ちゃんにも、どれだけつらくあたったことか!

今、思うと、なんてことを言ってしまったのかと反省してます。

でもね。この頃、歩けなくてよかったなって、時々思うんだ」

って言ったんです。

お母ちゃんは、まっすぐ私の顔を見ながら、「直子、成長したね」って言ってくれました。

その時、私はうれしいのとおかしいのとで、胸が一杯でした。

だって、いつも私の顔を見ると、この鼻を指差して大笑いするのに、
今日は真面目な顔してなぁ……と、思ったのです。

思い出し笑いの友達で、思い出し泣きというのでしょうか。

私、こんなこと、誰にも言ったことなかったけど、
今までに何度、私なんか生まれてこなければよかったと、思ったかしれません。

お父ちゃんとお母ちゃんたちに幸せになって欲しかったのです。

だって、みんないい人たちばかりだから……

でも、それは、間違いだと今、分かりました。

みんなを幸せにしてあげたいと思う気持ちは、今でも変わりません。

そのためには、つまらないことなど考えないで、私がどんなことにも負けずに精一杯生きることが
今まで一生懸命育ててくれたことに対する最高の贈り物ではないかと思うのです。

なんか変な話になってしまって、ごめんなさい。

今朝、布団の中で一人でこんなことを考えていたら胸がいっぱいになって、泣いていたのです。

本当に私はイヤな人間です。

【白やぎさん】

13 Apr. 1985

……略……

〝本当に私はイヤな人間です〟って、こんな言葉、捨てちゃいなさい。
絶対に忘れてはならないこと、
自分を否定する人間は、誰をも幸せにできないということ。
他の人に、たくさん迷惑をかけても、きっと、どこかで役にたってるんだってこと。
そして、それだけで十分なんだってこと。
僕たちは神様じゃない。だから、自分で精一杯、やればいいんだ。
やれることを、できる限り、やればいいんだ。
自分で、自分の価値を決めるようなことは、絶対、しちゃいけない。
まして、自分を否定するようなことは、考えちゃいけない。
大切なのは、自分自身を、大事にすること。
僕たちは生きてさえいれば、自分のできることを精一杯やって
生きてさえいれば、それでいいんです。
きっと、誰かの笑顔の、ちょっとした手助けになれる。それでいいじゃない。
誰かが、僕たちの力で、少しでも笑ってくれるなら、それでいいじゃない。

……略……

僕らにとって、あなたが歩ける、歩けない、なんて、どうだっていいんだ。

あなたが、今の純粋さ、素直さ、優しさ、そして、人間らしさを、持ち続けていれば、それだけでいいんだ。

人間が人間であるというのは、どれだけ人間らしい心を持っているかで決まることでしょ。

一人一人、みんな違う人間が、やっぱり同じ人間である、と言えるのは、その人間らしい心によって、決まるんでしょ。

歩けるから、人間、じゃあない。心があるから、人間なんだ。そう、思うんです。

さあ、ここからはあなた自身の問題だぞ。

あなたは、歩くことにあこがれているよね。歩きたいと、本当に思っているよね。

だったら、あきらめちゃいけないよ。

でも、ね。

あなたが歩こうが、歩けまいが、僕らがあなたを大切に思う気持ちは、ちっとも変わりはしないんだ。

結果なんて、正直いって、どうでもいい。大切なのは、心なのだから。

ひとりじゃない！　もっと自分を好きになろう

障害を、というよりも自分の身体をよく理解できていなかったから、歩けない現実に対しても、あまり感情を抱くことがなく、ここまできていた。

小学校に転校して数日後、みんなが元気よく走る姿を見て、いろんな気持ちがモヤモヤしてしまい、ついに大暴言。「どうして直子の身体は、こんなふうなの？　歩けないの！　ねぇ、責任とってよ」って母を責めたことがあった。ひどいことを言ってしまったと反省しているが、まわりの状況が理解できていなかったから、言えてしまったと思う。でも、このときは、まだ言えただけよかった。

年を重ねるにつれ、精神的にも大人になっていく。言えないことや言ってはいけないことの区別がついてくると、複雑な気持ちは行き場をなくしてしまい、自分の中で彷徨い続け……。生きていかなければならない今日は、元気にやってくる。いつも、ひとりを感じていた。

そこに、突然の出会い。その人を大切に思えば思うほど、急に歩けないことが悔しくなった。自分でもこの心境をどう理解したらいいのかよくわからなくて、悩み苦しんだ。みんなと違うこの身体を認めるのが恐かったのかもしれない。

文通。言葉と言葉の交換は案外、冷静に受けとめられた。大嫌いだった社会の授業中に、こっそり隠しながら書いていた。言葉のひとつひとつが、ゆっくりと自分の中に入ってくる。気がつくと、穏やかになれていた。強くもなれた。ひとりじゃないって感じた。この手紙があれば、〝どんなことだって、かかってこい！　打ち勝ってやるぜぃ！〟ってまで思えるようになっていた。

本当の意味での、Ｇｏｉｎｇ　ｍｙ　ｗａｙは動き始めた。そう、自分は自分。自分でしかない。どこまでいってもこの身体と付き合っていくことを、ちゃんと見つめよう。大らかに認めたい。そして、もっと自分を好きになろう！と思った。

●スケールのでかい特別参加

精神的にパワーアップしてしまったら、自分の中の本当の気持ちは収まりがきかなくなり、暴れ始めた。もう、我慢したりしない。どんなことだってやってみなきゃ、できるかなんてわからないけど、できそうにないことほど挑戦してみたくなった。

1学年にひとつずつの強烈な思い出たち。

意図はよくわからなかったが、とにかく学校行事。1年生みんなでスキー合宿に行った。場所は越後湯沢。クラス全員を乗せたバスは、2m以上もある積雪アーチを軽快に走っていく。初めて見る光景に、言葉を失った。幻想的風景は圧巻だった。

できなくてもいい。いっちょまえにスキーウエアにスキーシューズを身に着けて、NASAの職員気取りだ。みんながインストラクターに手とり足とりレッスンを受けている間、こっそり手招きされた場所には、なんと除雪車が用意されていた。見た目の迫力のみならず、動き出すと、これまたスゴイ。身体に伝わりくる振動、爆音。アホみたいにでかいタイヤは、どんなにでこぼこしている雪山でも、へっちゃらだった。実に雄大で、爽快。

●ソーラン節で大ブレイク

まさか、こんなことになるなんて思ってもみなかった。2年生の修学旅行は、4泊5日の東北3県（宮城、秋田、岩手）。母同伴で参加したが、事件はこの旅行中に発生した。ちょっと珍しいと思うが、日程の中に「ソーラン節体験実習ｉｎわらび座――2泊3日でソーラン節を踊ろう」が含まれていたのだ。みんなで「学校は、何を考えているんだろうね。だって、ソーラン節だよ」とブツブツ文句を言っていた。お揃いのジャージに着替えて、だだっ広い練習場へ向かう。クラスに数名ずつのわらび座の人たちが配置され、練習は即開始。

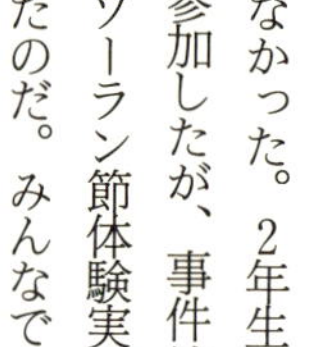

大きな声と、最高の笑顔で、元気いっぱいのわらび座の人たち。見事なまでに対照的な、生徒のやる気なさ。明と暗、天国と地獄といったところ。見ているこっちが恥ずかしくなるくらいだった。ずっと見学をしていたら、少々飽きてきた。

何かできそうな振りはないかと注意していても、かなりのオーバーアクションにあきらめざるを得ない。結局、できそうなことといえば、歌うことしかない。でも、まだ自分を捨てられない。大好きなあの人も見ている。そう思うと、「すいません、歌を教えていただけませんか？」って言える勇気をもてずに、その日は過ぎた。

2日目、昨日までのみんなは、もういない。まるで寝ている間にマインドコントロールされたかのように、踊っている。発表会を夜に控え、燃え始めてしまっていた。みんなが頑張っているのに、このまま何もしないわけにはいかない。よし。歌うぞ。もうこうなったら、歌ってやると意を決してこっそり練習し、本番に臨んだ。

肝は胡坐《あぐら》をかいていた。ステージの隅に車イスで登場し、踊るクラスメートに目で合図して、歌い始めた。カセットではない生の歌は新鮮。みんなで作った最高の舞台だった。上手い下手なんて、どうでもよかった。参加できただけで大満足、みんなといっしょに舞台にいられたことが、何よりうれしかった。ちなみに、結果はもちろん優勝。チームワークほど、強いものはない。

●なんとかなってしまうもんだ

初めての母なし遠足は、3年生の東京ディズニーランド。前日は緊張してか、3回もうんちをしてしまった。次の日のことを考えて水分調節していたために、ころころうんちだった。どこかに出かけるっていうだけで、トイレのことばかりが気になる。これさえ心配にならないでいい環境、状態だったら、もっと楽しめるのにっていつも思う。遠足は楽しそう。でも、トイレは心配。そんな状況のなか、バスで舞浜へと向かった。

子どもみたいに、来てしまえば目の前にあるものしか目に入らない。ミッキーと写真やプーさんを追いかけるのに夢中で、みんなに「あっち！　うゎ〜、こっちだぁ！」ときちんとしてない言葉で行きたい方向を指示して、いつしかボスぶっていた。カリブの海賊に、ホーンテッドマンション、ミッキーマウスレビュー、パレードとアトラクションを次々と巡り、もう楽しくて仕方がなかった。
ディズニーランドをまるごとかじって、勝手なことに帰りのバスは爆睡時間。学校まで迎えに来て

くれていた母の顔を見たら、急におしっこがしたくなった。紙おむつをして行ってたから、いつでもそこにできたのに、したくなかった。

心配していた食事のヘルプやバスの座席への移動なども、その場を迎えてしまえばなんとかなってしまうもんだ。自分だけじゃなく、みんなで大きなものを収穫した、そんな気がした。

●進んでいく路

ずっと、高校生がよかった。気の合う友達と、いつまでもじゃれていたかったし、笑っていたかった。もう、どこへも行きたくなんかない。ずっとここにいられれば、甘くはなさそうな新しい環境に飛び込まなくてもいいのにって、逃げていたのかもしれない。見えてきそうな一つ一つのことに、少しとまどっていたのかもしれない。

大きく広く、守られていた道は、もうここで終わりだと感じた。そう、これから巣立ちゆく先は、誰もがひとりぼっちなんだ。進路を決めなければならない高3のある夏の日、そのことが、真実味をおびてきた。

大学への進学を決め、受験勉強はしていた。志望校や進みたい学科はしぼりきれていなかったが、漠然と養護学校の先生になりたかった。自分みたいに普通校でも頑張れそうな子がいたら、学校の窓ガラスを全部割らせたりして、退学へと優しく導き、その責任をとって勉強が追いつくまで教え続ける、そんな先生になることを憧れていた。

卒業を前に、家族みんなで伊豆旅行

進路相談のときにこのことを話そうかなと思っていた矢先、ふらっと通りかかった社会の先生との会話。

「小島、進路決まったか?」

「いいえ、検討中です」

「愛知県の日本福祉大学はどうだ? 設備も整っていて、お前にはなかなかいいぞ」

一瞬、ムッとした。「車イスだから、行ける学校、使える施設」なんて考え方は、もうたくさんだ。今度こそ、自分の気持ちだけで決めるんだ!と、意地を張っていた。無意識ながら、世間体も気にしていたのかもしれない。車イスに乗っているから、福祉って名前がつく大学にしか行けないって思われたくなかったし、それに愛知県なんて冗談じゃない。それでも、先生は懲りずに言う。

「騙されたと思って、愛知に一度行ってみろよ」

こうなったら、行ってどれだけ嫌だったか単独講演会してやろうじゃないか！という気持ちで、父と妹と夏の旅行に出かける。知多半島の先端、美浜という美しい地名の小高い丘の上に、日本福祉大学の真っ白いキャンパスはあった。実際、施設は充実していた。各講義棟にはエレベーターが設置され、車イス用トイレも十分すぎるほどある。〝ここなら暮らしていけるかも〟と、プラスのエネルギーが騒ぎ出すのを感じていた。志望校に加えざるを得なかったくらい、立派だった。

受験までの日々は、とにかく勉強した。死にものぐるいで。でも、世の中は、いや受験戦争はそんなに甘くなく、残念ながら厳しい結果に終わってしまう。推薦も一般入試もダメ。完全なる敗北。

3年間の高校生活。実りは大きかった。これから向かっていく道には、多くの試練が待っているだろう。今まで経験したことのないものだって、やってくるにちがいない。そんなときこそ、受けとめよう。両手を広げて、ゆっくりと。この手に受けとめたものを見つめたら、即答せずに次の手段を考えよう。ゆっくり進んでいけばいいんだ。そんな大らかな気持ちを胸に、88年3月、卒業した。

6　自立への一歩

●先手必勝

家の近くに予備校はない。電車で通うといっても、駅の施設は当時バリアだらけだったから、

安全を第一に考えて、電車通学は即刻、却下。

大事なことほど両親に相談しなかったのは、昔から変わらない。「それって相談じゃなくて、自己申告なんじゃない」と今でも言われるが、確かにそのとおりだ。「絶対反対されるってわかっているし、自分で自分がコントロールできないくらいやりたいんだから、しょうがないじゃん！」と返答するのだが、予備校入学懇願のときもそうだった。

小島家には何でも相談し合う家族会議がある。それをストレートに通過するためには、事前に通えそうな範囲の予備校の下見が必要だった。学費や雰囲気、建物の状況も考慮して第一候補に選出した場所は、家から徒歩40分。教室は2階。でも、そこ以外はさまざまな条件によりあきらめなければならなかった。緊迫した空気が流れるなか、先手必勝で準備したお陰で、予備校生活がスタートする。

雨が降るたびに送り迎えしてくれていた母は、「今日は雨たくさん降っているから休む？」とよく誘惑してきた。だが、通い始めたらこっちのものだ。何を言われても耳は貸さず、強引な毎日が始まったのである。周囲が大変なのはわかっている。でも、勉強したい。どうしても大学に行きたい。いっぱいの感謝やゴメンネの気持ちに応えるには合格しかないと自分に言い聞かせて、浪人時代の1年間、3つの約束事をかかげた。
①テレビを見ない。
②友達には1年に3日しか会わない。
③絶対にくじけない。

●英語の辞書とファミリーマートのウーロン茶

予備校に通う前までの春休みは真っ白といってもいいくらい勉強していなかったから、どんなことだって無理なく頭に入っていく。友達はライバルだ！と誰かが言っていたことを真に受けて、ひたすら勉強した。テレビを見ない生活を始めてみると、24時間の生活サイクルが見事に完成し、半機械人間になりながらも能率よく過ごせる。誰にも邪魔されない生活が、そこにはあった。

英語の辞書とファミリーマートのウーロン茶とは、いつもいっしょだった。使い込んだよれよれの赤い辞書は、これだけ勉強したんだから大丈夫と、ときに不安になる気持ちを吹き飛ばしてくれた力強いスケットくん。ページをめくるたびに自分の匂いがするのも、またよかった。ファミリーマートのウーロン茶は、これまた大事な脇役で、独特な苦みと渋みは疲れている身体に張りを与えてくれる。頭が沸騰しそうなときはアイスウーロンで、ほっと安らぎたいときはチンをしてホットで。環境設定はちょっとした魔法、これらの小物たちで自分の気持ちをうまくコントロールしながら、能率を上げていったのである。

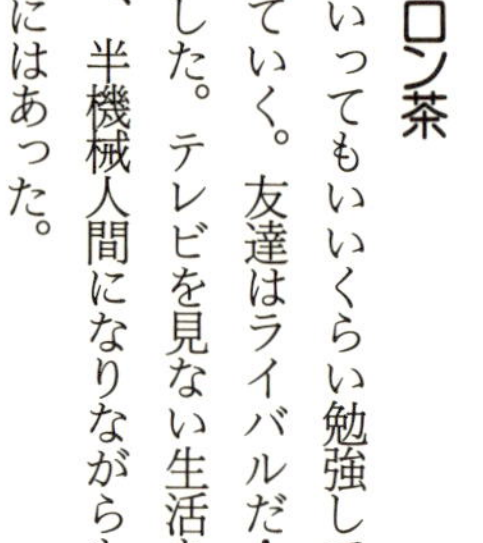

●ひとりでは何もできない

遊ぶことのできない夏が過ぎ、冬期講習も終わり、あとは受験にまっしぐらのラストスパートという、もっとも大切な時期の1月。母が突然、倒れた。いつも元気いっぱいで、倒れるなんて想像もで

きなかったから、目の前で起こっている状況が理解できなかった。急ぎ足で病院に運ばれていく、今でも忘れられない光景。さっきまでここにいたのに……。笑顔や温もりは、ちゃんとここに残っているのに……。一瞬、頭が真っ白になった。病名は胃潰瘍。この後1カ月も入院してしまった。

疲労が限界にまで達したのだろう。どんなときだって決して弱音をはくことなく、辛くても笑っていた母の身体は、疲れきっていたにちがいない。申し訳ない気持ちでいっぱいになり、〝直子のせいだ！〟と自分を責めた。涙だけがどんどん流れ落ちていった。病状が気になって、会いに行きたくても、ひとりでは行けない。やりきれない思いに心がパンクしそうでも、じっと耐えるしかなかった。

母が運ばれた後、ひとり取り残された。家にひとりだけであると自覚した瞬間、急におしっこがしたくなった。でも、ひとり。できない。またまた涙。

自分で自分が情けないが、このとき初めて、ひとりでは何もできなかったことを知った。家にいるときは紙おむつをしていなかったが、いつもは「おしっこ」と声をかけてトイレの前まで移動していけば、そこには母が待機していて、ささっと無言のまま速やかに処理してくれていたことを、ひとりでトイレをしていると思っていたのだ。恐ろしいくらいの大きな勘違いだが、この気づかされ方は、かなりのパンチ力があった。第1ラウンドでノックアウト状態。見事なまでに完敗だ。

おしっこも我慢限界になり、なんとかしなければとトイレの手すりに手を掛けた。でも、握力がないから、しっかりと握れない。ストーン。すごい勢いで床に頭を打つ。ゴツン！　キラキラキラ。今度は歯を食いしばり、再チャレンジしたがダメ。タイミングよく妹が帰ってきて、トイレをさせてもらったが、できないことへの悔しさはこのとき、涙にするしかできなかった。

●腐ったバナナの記憶

夜になって、家族と親戚が集まって〝サミット〟が始まった。テーマは当然、これからのこと。というより、「母の入院期間中における直子について」といったほうが正確かもしれない。緊迫した状況のなか、話合い開始。

開口一番、父が言う。「僕は仕事を休めない。家族の生活を守っていかなければならないから」。その一言と同時に、妹と弟は泣き出した。自分たちではどうすることもできない事態に、なんらかの感情を覚えたのだろう。話合いをしている間、ずっと泣き続けていた。親戚は皆、口をそろえたかのように「直子の介護をするには、体力に自信がない」と言う。確かにそうだとは思うが、ショックだった。不安だった。緊急解決しなければならないテーマが大きすぎる。

話合いが進むにつれ、耳からはどんな言葉も入ってこなくなる。〝明日からの生活はどうなってしまうんだろう〟と、自分のことだけをひとりで考えていた。身体中に涌き上がった緊張感は、どんどんとスピードを増していく。そんなとき、冷静に思い出してしまった、ちょっと恐い記憶と記録。

うちの家族はみんなバナナが大好きで、いつだって食卓に飾られていた。ときにはケンカをしてまで一本のバナナを奪い合うのに、いつでもある安心感からか、誰にも食べられることなく始末されてしまうときもあった。

【あるバナナの観察記録】
1日目…買ってきたばっかりでピンピン。
3日目…ちょっと黒い斑点、誕生。
5日目…香り漂う。
7日目…斑点いっぱい。
9日目…ぐにゃ、コバエ出現。

このバナナは、ずっと同じところに置かれていた。誰にも食べられず、結局は捨てられたバナナを観察し続けて、思った。こうはなりたくない！　完全に自分を重ねてしまったのである。ひとりで動くことのできない固体は、置かれたらずっとそこにある。自分も同じだ。今この部屋から誰もいなくなったら、お腹が空く。喉が渇く。おしっこがしたくなる。でも、どうすることもできない。電話など文明の力を頼らずに、原始的な部分で解決できる術をもち得ていない。そう、放っておかれ続けたら、簡単に死んでしまうのだ。絶対にそうはなりたくないと、心に誓った。

たった一本のバナナから学んだ。〝見えてしまったものからは逃げちゃいけない〟。現状を打破する術を緊急に考えなければと感じていたはずなのに、日頃の平和な暮らしに甘えていたことを改めて反省した。いいチャンスだ！　今こそ進まなければ。

おばあちゃんの魔法

もう、泣いている時間はない。明日はちゃんとやってきてしまう。家族が誰も手伝えないのなら、それはそれで仕方がない。夜遅くに母方の祖母に電話して、状況を説明した。翌朝、一番電車で60歳を過ぎていたおばあちゃんは、滋賀県から元気にやって来た。

予備校は長期欠席の自宅学習、家族は通常の生活に戻り、日中はおばあちゃんとふたりだけ。大きくて力持ち、大胆不敵で恐いもの知らずのおばあちゃんは、いつだってエネルギッシュだった。たとえば、料理の手伝い。

母は、餃子の肉詰めや、すり鉢での胡麻すりといった単調な作業しかさせてくれなかったが、その母の母は違っていた。要求はかなりハードで、一度も触った経験がない包丁を使わなければできないことばかりだった。ごぼうのささがき、大根の桂剝き、ジャガイモの芽の取り方と、ていねいに伝授してくれた。ちょっと工夫すれば、できないと思っていたこともできてしまう、おばあちゃんの魔法。

◆ごぼうのささがき

包丁の背でごぼうの汚れを洗い流し、まな板の上でごぼうを回しながら、傾斜させた包丁で削いでいく。

◆大根の桂剝き

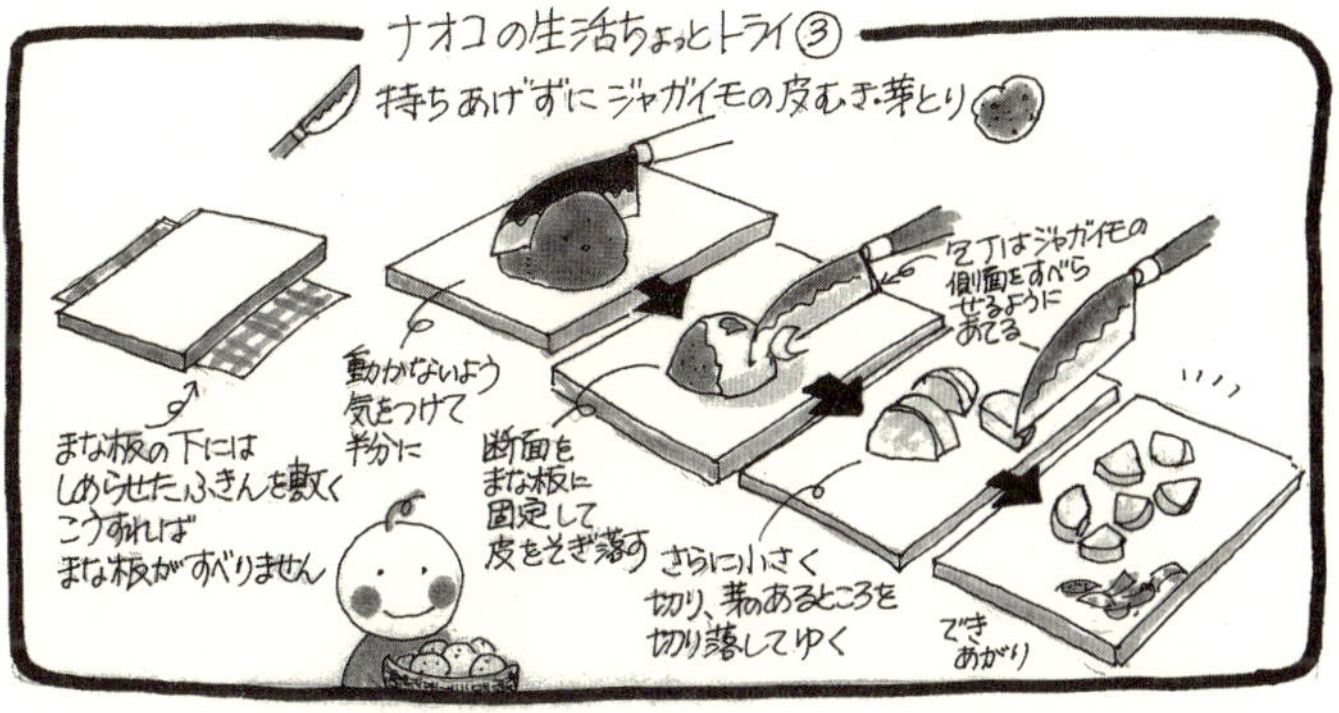

まず３cmぐらいに切る。輪切りにした切り口の部分をまな板に置き、大根を持たずに皮を削ぎ落としていく。最後に大根の角を落とし、剝いていく。

◆ジャガイモの芽取り

半分に切って、切り口（でんぷん面）をまな板に置く。大根と同様に皮を削ぎ落として小さくしたら、芽の部分だけ包丁で切り取る。

布団に入った後、おばあちゃんは足をさすりながら、よく言った。

「ほんまにこの足だけは、どうにもならんな。やぁ、直子、お母ちゃんを頼らずに自立せな、あかん。きばってみい！　がんばらんかい！」

自立か。聞き慣れない言葉に、ピンときたものはなかったが、おばあちゃんとの生活で確かに新しい生き方を見つけ始めていた。今まで何かを手伝うときはスケット役にすぎなかったが、「きばらんと、夕飯に間に合わんで」と活を入れられ、勉強以外で努力することの新鮮さを感じた。求められるレベルが高くなると、負けず嫌いの性格が功を奏して、いいエネルギーが放出されていく。自立ね。

もし受験に合格したら、ひとりで頑張ってみよう。ちょっと離れたところで暮らしてみるのも悪くはないな。なんて、このときは、まだ気楽に考えていた。

●「やだな〜」

母が入院中、妹は部活に恋人に大忙し、おばあちゃんはものすごい数の洗濯物や食事の準備にてんてこまいだったから、ささやかなる休憩時間をあげるためにも弟とよく買物に行った。玄関を出ると、もうそこは砂利道。ガクンガクンと車イスの前輪を上げながら、近所のイトーヨーカ堂へと向かうのは至難の業だった。たったふたりの大冒険。

弟に車イスを押してもらう気持ちは、甘酸っぱくて、なんか照れる。ドブ川に落とされそうになっても、ミミズを避けて田んぼに突っ込みそうになりながらも、無言のまま少しずつ進んでいく。なんとか目的地の鳩のマークが見えかかったそのとき、「やだな〜」と、さびしそうな声でポツリと言う。

前方から、弟の友達が歩いてくるのが見えた。思わず言った。

「ごめん。お姉ちゃんの車イス押しているところ見られるの恥ずかしい？」

すると、返ってきたのは予想もしない答え。

「違うよ。偉いねって思われるのが嫌なんだ」

すれ違う友達に、「よう！」と軽く挨拶し、弟はさわやかに、どんどんと歩を進めた。

●涙の勝つ弁当

母が入院中、たくさんのドラマがあった。逃げられなかった環境のなかで、視界は一気に広がりを見せ、自分の可能性を発見できた。長い間、自分に蓄積され続けていた社会や教育に対する憤慨パワーは、今ならどんなことだってできる→最初で最後のチャンス→やってみようと、プラスの方向へと転化し始める。走り出したら止まらない。もうひとりの自分に出会うために、日本福祉大学だけを受験した。

障害を有する者は本校である知多郡美浜町での受験が規則だったが、母が入院中で介護者を同伴できないという理由から、特別に東京受験が許可された。2月初旬の受験前日、母は少々強引に退院してきた。目的は、どうやら合格弁当作りにあったようだ。

「明日お弁当、持って行くんでしょ」

「うん、美味しいのをよろしくね」

元気そうに話す母を愛しく感じ、その晩は安心して眠った。

当日は、会場である高円寺の予備校に車で向かった。運転手は父。トイレ介助は妹。残された時間を少しでも有効に使おうと、英語のカセットを車中で聞きたかったのに、何故か「乾杯」が絶えることなくBGMとして流れていた。今思えば、いいリラクゼーションになっていたのかもしれない。

試験では、一問一問覚えていることを解答用紙にすべて書き、何かに取りつかれたように、全力を尽くした。休み時間になった途端に不安げな表情のふたりが入って来て、「どうだ、できたか?」。

「結果はついてくるものだからわかんない」と返答すると、「そうか、お前が頑張っている間、お父ちゃんたちも戦ってたんだぞ」と意味不明なことを言う。薄笑いしている妹の顔は〝へへん、いいでしょう。ビリヤードに行ってきたんだから〟と語っていた。信じられないふたりに、緊張の糸を完全に解かれた。まったく呆れた家族である。

次の休み時間は、いよいよ昼食だ。2科目が終了してホッと一息、愛情たっぷりの手作り合格祈願弁当。華々しく飾っていたメインメニューは、やっぱりカツだった。卵焼き、チーズ入りウインナーに漬物と、食べきれないほどの好物ばかりが、ぎゅうぎゅうに詰められていた。残すことなく、きれいに平らげて、午後の試験に臨む。食べながら、どうしても受かりたい気持ちと、家族の元から離れたくない思いが複雑に絡み合っていた。でも、今できることは、ベストを尽くすだけ。

数日後、日本福祉大学社会福祉学部社会福祉学科II部合格の知らせが届いたが、うれしかったのはほんの一瞬で、考えなければならない問題が残された。ひとりで本当に暮らしていけるのだろうか。それは、第二の人生の始まりでもあった。

第3章　生きていくことの重み

1　合格したのに通えない

●自宅待機の日々

受験には合格した。合格祝いもちゃんとした。あとは美浜へ行くだけ。

ところが、「勉学の保障はするが、生活の保障はしない」という大学側の見解により、自宅待機せざるを得なかった。悔しさだけが込み上げる。全介護の身でありながら、両親の助けを借りずに大学生活を送りたいというのは、確かにわがままかもしれない。でも、それにあえて挑戦したかった。

入学式は欠席。学生寮の選考にも、ＡＤＬ（日常生活動作）の自立ができていないという理由で落とされてしまった。結局、介護者を連れて行くか、大学で学生ボランティアを見つけるか、介護体制になんらかの糸口が見つかるまでは実家で自宅学習というきわめて異例なスタイルで、大学生生活はスタートする。でも、決してあきらめたわけではない。作戦を練って、じわじわと実現への階段を登るのだ。

大学に受かったという安堵感と、受験勉強から離れてのゆったり感がドッキングして、日中は母とのんびり過ごしていた。お散歩に、お買物、手のこんだ料理作りと、まるで嫁

入り前の親子のよう。静かで平和な時間が流れていった。しかし、夜になり、布団に入っても寝つけないと、急に不安が襲ってくる。不安という名の巨大モンスターは、日増しに大きく成長していった。

4月25日（日記より）

なんか、しっくりとこない。物事がスムーズに進まない。
さすがの私も頭を抱えている。私が大学へ通うのは、そんなにも大変なことなのか。
どうして？　トイレができないからか。障害を背負っているからか。
もう、よくわからなくなってきて。同じ人間なのにね。

ひとりだと感じていた。家族や親友、近い人にほど、何も言えなかったし、相談できなかった。どんな状況下にあっても、いつも元気で明るいと言われたり思われていることに応えようと、必死だったのかもしれない。

◎学障会との出会い

止まった状況のままじっと耐えていても、何も始まらない。電話で大学側の各機関と日程調節して4月の終わりに、入学後初めて美浜入りする。東京から東名高速を飛ばしてキャンパスへと向かう約6時間の車中で、そう簡単に帰れる距離ではないことを実感していた。今回の目的は、受入れ体制についての大学側との話合いと、学内機関のひとつ「学内障害者の勉学・生活条件を守り発展させる会」(学障会、高校でいう委員会のような組織)との話合いである。
大学側は、生活の保障まではできないが、できるかぎりの応援はしたいと、前向きなコメントをくれた。まずは、一歩前進だ。
そして、学障会。この団体が、また所属するひとりひとりの力が、これから始まるひとり暮らしの原動力になったといっても過言ではない。受験の際に、障害のある受験生やその両親に対し、入学後の相談に応じるという案内活動を行っていたので、母が連絡先を聞いていた。彼らも入学後の経過を学事課から聞きつけて、コンタクトをくれたのである。自宅待機している間、「小島ちゃんを日福大に迎える会議」と題して、定期的に例会を開いていたという。初顔合わせのときには、綿密に計画された提案が用意されていた。自己紹介後、3回にわたるShort-Stayプログラムが発表された。
1回目：4日間　できないことを発見する(何ができて、何ができないのか)
2回目：8日間　介助方法を知る(できないことをできるようにするために)
3回目：18日間　ネットワーク化を図る　(住まいのあり方、介助体制)

滞在期間を延ばすと同時に、ニーズの幅を少しずつ広げていくことが狙いだ。宿泊場所は、すべて学生の下宿。障害をもつ人が自分のために改造している家もあれば、普通の男の子の下宿もある。介護マニュアルや体制のみならず、どんな住まいがよいかもパターンを変えて検証してみようというわけだ。

なんだか雲をつかむような、別世界の誰かの話のような気もしたが、ハチャメチャなこの企画に乗ってみることにした。一種の賭けでもあるが、やれるかどうかなんて、やってみなければわからない。できるところまででいいから、挑戦してみたい。入念な打合せを終え、いったん実家におとなしく戻って、最初のＳｈｏｒｔ-Ｓｔａｙをじっと待った。

●ひとり歩き

5月18日から、3泊4日の想像を絶する日々は始まった。3日分の荷物を電動車イスの前後に詰め込んで、両親と共に東京駅へと向かう。名古屋へはひとり旅。ホームまで学障会のメンバーが迎えに来てくれているとはいえ、新幹線に乗っている間におしっこがしたくなったらどうしようと不安になり、数日前から水分調節していた。自立はこういうことから始まるのかもしれない。

いよいよ発車時刻となり、ホームにベルが鳴り響く。泣いちゃいけない、と決めていたから、元気な笑顔でバイバイした。直前に母がガラス窓に何か書いていたが、光ってよくわからないまま、ひかり203号は発車してしまう。

大半の新幹線には車イス用の個室がある。そこにひとりでポツリと座っていると、今日までのことが走馬灯のように甦ってきた。〝どんなことがあってもやってみせる〟と自分に決意表明。小さいときに家族と離れて暮らしていた悲しみを思えば、今回は自分の意志で決めたことだから、頑張り抜ける。今までとは違った気迫を確認せずにはいられない。

小田原を過ぎたころから、急にトンネルの数が増えてくる。チラチラと見える怪しげな文字に不審を抱いていたが、数回繰り返して見るうちに、母の字であることがわかった。汚れたガラスにきれいに浮き上がって書かれていたその文字は、「着いたら電話して。ガンバレ」。我慢していたものが一気に切れて、声をたてずにひとり、泣いた。

必死に気持ちをコントロールして、名古屋のホームへは最高の笑顔で降り立った。先輩の車で、美浜の下宿へ向かう。

●Short-Stay Vol. 1

明日のことどころか、1分後がまるで想像もつかない。今日これから誰がトイレをさせてくれるのか、着替えさせてくれるのか、また人がいても本当にトイレをさせることができるのか、気持ちがいいほどにすべてが不安だった。到着後、簡単なミーティング。

「今日の介護の○○さんと○○さんです。じゃ、元気に頑張って」

生活感の漂う誰かさんの家で、初顔合わせのふたりとの生活はスタートする。
ご飯もおしっこも、こちらが何かを言わないと、時間は止まったままになってしまう。とりあえず自己紹介して、親睦に努めた。自分のことなのに、何ができて何ができないか、まったくわからない。時間をかけてでも、あらゆることにできるかぎりチャレンジする4日間にしようと決めた。

たとえばトイレひとつをとっても、家族以外の人にさせてもらった経験が一度もなかったから、頼み方すらわからなかった。家にいるときと同じように「おしっこ」と言うわけにもいかないから、「ごめんなさい、おしっこさせていただけますか」と妙にていねいな口調になってしまう。このお願いの仕方が3人の間に距離をつくり出してはいないかと、不安になったりもした。気になることは尽きない。

介護方法に関しても、「上半身の人は脇の下、下半身の人は膝の裏に手を入れて、息を合わせて〝せ〜の〟で抱えてくださいね」と細かな説明を言葉にする作業から始めなければ、介護してくれる人はとまどってしまう。相手の立場に立ってものを考えることも、初めての経験だ。

顔中ケチャップのほくろができるほど頑張って作ったチキンライスに、全身びちょびちょになりながらの食器洗い、恥ずかしくてしょうがなかった入浴など、できるだけ多くのことに挑戦した。頭では簡単にできそうだと感じていても、実際のところ不可能だったり

することも多い。そんなときは、道具を使ってみようとか、新しい方法を考えようなどと発想の転換もできるようになった。身体を使うことが自立への第一歩であると実感せずにはいられなかった4日間。毎日の生活における必要な行動を発見するだけで精一杯で、ただただ無我夢中で生き抜いたが、収穫は大きく、〝ひとり暮らしを夢では終わらせない〟と、自分と支えてくれたみんなに誓った。

怒濤のような4日間を終え、再度東京駅に降り立ったときは、すがすがしい気持ちでいっぱいだった。迎えに来てくれた両親に滝のように話したが、聞いている彼らはうれしさよりも、どことなくさびしそう。そのとき思ったことは、今もよく覚えている。

「さびしいのはいっしょ。でも、明日を見なくちゃ。いつの日か安心して笑えるようになるまで戦おう」

第2弾のShort-Stayまで約1カ月。今度は倍の1週間。それまでにできることは、なんといっても健康管理だ。

6月15日（日記より）

家でじっとしているより、何事にもアタック。前進あるのみ。

一人でできないこと、たくさんあるけど、

みんなに手を借りなければならないこと、たくさんあると思うけど、あえて挑戦したい。
できないからやってみたい。そう、思う。
自立するってこと。今、仮に逃げられたとしても、必ず私を追い掛けてくる。
だったら、今も、4年後も、10年後も、いっしょだ。

かぎりなく不可能に近い目標は、ときに人間に恐ろしいくらいのパワーを与えてくれる。生活の一部ではなく、24時間途切れることなく介護が必要な者が、両親と離れて生活する以上、多くの人に迷惑をかけることは百も承知である。でも、自立したい。勉強したい。この気持ちは何をも見えなくしていた。

●Short-Stay Vol. 2

6月18日から7泊8日。第2弾は生活のひとこまひとこまというよりは、むしろ生活を取り巻く環境設定にスポットが当てられたプログラムになっていた。

〈チェック項目〉
◇下宿の見学

改造を認めてくれるのか。トイレとバスは分離しているか。大学まで徒歩が可能か。

◇名古屋市内で自助具の見学

あったら便利なものは何か。

第1弾同様、数軒の家を転々として、生活に必要な介護を探ることに没頭した。毎日のサイクルに流れが出てきたころ、ちょっとしたトラブルが発生する。それは、やがて〝ありがとう〟という言葉を大切に使うきっかけにもなった、感謝すべき出来事だ。ある子に突然、言われた。

「なおちゃんのありがとうには、心がこもっていない」

正直ショックだったが、彼女はそう感じたのだから仕方がない。言われてみれば、してくれたことに対するお礼の言葉としてしか伝えきれていなかったのかもしれないと反省した。あわせて、母にトイレをさせてもらっても、〝ありがとう〟を言っていなかった過去も反省。この日を境に〝ありがとう〟を言うときは、お礼のみならず感謝の意としても使うようにしている。たった5文字のこの言葉のもつ意味は深い。

人に手を借りて生活する場合、生活基盤になる家探しや人集めもハード面の整備として確かに大切だが、コミュニケーションをとおして相手に意思を伝えることも必要不可欠であると感じた。24時間の流れのなかで生活らしいところまで見えるようになってきたところで帰省。愛知県と埼玉県の2重生活を存分に楽しんでいた。

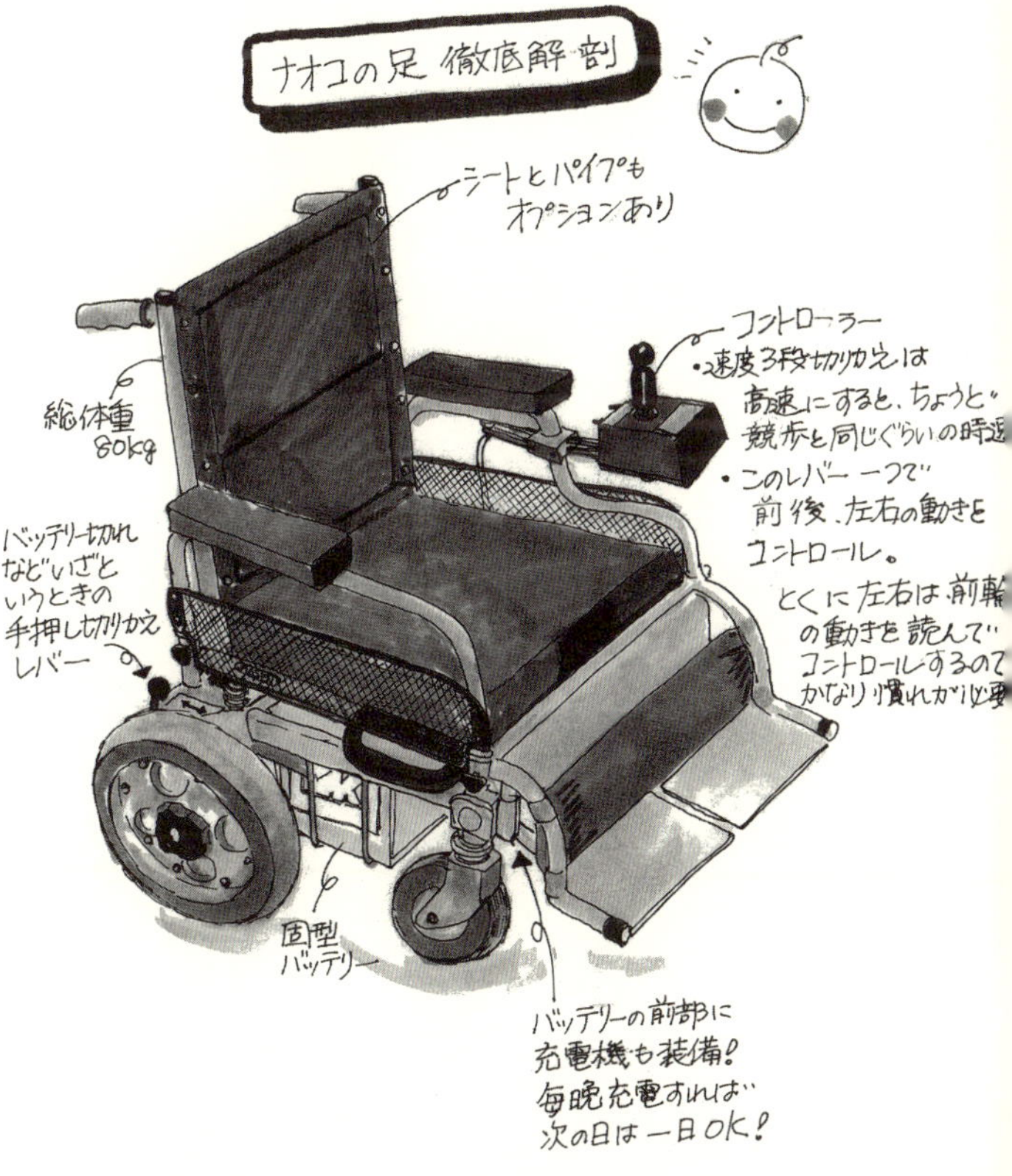
ナオコの足 徹底解剖
シートとパイプも
オプションあり
総体重
80kg
コントローラー
・速度3段切りかえは
高速にすると、ちょうど
競歩と同じぐらいの時速
・このレバー一つで
前後、左右の動きを
コントロール。
とくに左右は前輪
の動きを読んで
コントロールするので
かなり慣れが必要
バッテリー切れ
などいざと
いうときの
手押し切りかえ
レバー
固型
バッテリー
バッテリーの前部に
充電機も装備！
毎晩充電すれば
次の日は一日OK！

●Short-Stay Vol. 3

いよいよ最終局面。7月4日から17泊18日の長期滞在である。到着してすぐに、学生が自由に問題提起できる場である学生大会で発言した。テーマはもちろん「自立に向かって」。受かっているのに通えない現実を伝えたい、そして後期から通えるように人集めをしたいという理由から、参加を決めたのだ。人を求めている臨場感を出したいため、ちょっと演技をしてしまった。騙されちゃって手伝ってくれるようになった皆さん、ごめんなさい。フリフリのブラウス&スカーフに、聖子ちゃんヘアをして、か細い声でうつむき加減に訴えた。

Action

自立に向かって

私は出生時に脳が圧迫され、脳性小児マヒというハンディを背負ってしまいました。障害と共に生きていくことは両親ともども、並大抵なことではなく、強い精神が必要とされます。ときにはすべてを投げ出したいことも、また、生きていくことに失望し、自分という人間の存在を消してしまいたいと思ったこともあります。私が障害を負ったこと、それは誰が悪いわけでもなく、やり場のない怒りを覚え、どれほど涙を流したことでしょう。

しかし、いくら泣いても仕方ありません。たとえ障害を負っていても命のあるかぎり、人として精一杯生きなければならないのです。そう思えた瞬間、私は自立してみたいと思うようになりました。

私が日本福祉大学への進学を希望したのは高校3年の夏でした。日本にある福祉系の大学では一番設備が整っていましたし、何よりも両親から離れたかったのです。不謹慎この上ないことですが、順から行けば両親が先に天に召されるわけです。死に至らなくても体力には限界があるので、「いつまでも生活を共にするわけにはいかない」と思い、受験しました。一年浪人して、今春入学が決まったものの、寮の選考にもれ、下宿も見つからず、また、生活面における基本的な排泄や入浴がひとりではできないので、休学同然の生活を過ごしていました。

いくら私が自立を願ったところで、「何もできないのに考えが甘い！」と言われても無理はありません。それに、両親か身内の者がついてきて生活することは簡単です。しかし、私はそれをしたくなかったのです。両親にも兄弟にもそれぞれの人生があり、私が障害者だからという理由で束縛したくなかった。そして、何よりも自分という人間をあらゆる角度から試してみたかったし、結果なんて後からついてくるものだから、失敗することを恐れずに挑戦したいのです。

そんなことを考えていたある日、学障会の人から電話があって「何日間か実際に生活してみないか?」ということになり、5月の中頃、Short-Stayが企画されました。また、6月には第2弾が企画され、日にちを延ばしていき、学校に、生活に慣れることと、できること・できないことをはっきりさせようとしてきました。

たくさんの人と出会って話し、生活するなかで、多くのことを学びました。自分の中にはまだまだ秘められた可能性があるということ、頭の中で考えていることと実際とでは大きな違いがあるということ。そして人はひとりではないこと。

障害を負っていても、私たちは同じ人間です。私は是非このキャンパスで福祉を学び、それをいかせるような仕事に就きたいと思っています。そして、私よりもずっと重度な障害をもった方にこの大学で学んでほしいし、また、自立への第一歩にすることができたら素晴らしいことだと思います。

「自立」。私におけるこの言葉の意味は、ハンディをもちながらも生活していけるように工夫する時間が与えられることなのです。現在はShort-Stayを繰り返していますが、9月からはこちらに来て学びたいと思っています。そのために今、リハビリへ通っていますが、生まれ持った障害のため努力してもできないことがあります。だからと言って努力を怠るようなことは決してしません。しかし今、私がひとりで生活することは不可能です。

そこで、私は皆さんにお願いしたいのです。私に力を与えてください。手を貸してください。4年後、大学を卒業して社会へ一人立ちするわけです。そのとき、ひとりで自立できるように、あらゆる角度から自分を試し、磨き、向上させようと思っています。ボランティアに協力してください。皆さん、私に夢を与えてください。

●準備完了

この演説で集まってくれた人が、約30人。ひとりひとりがネットワークの核を成し、その友達、そのまたサークル仲間と、友達の輪は広がっていった。ひとり暮らしを始められた根源は、ここにある。

また、学障会の人たちはあらゆる角度から、生活の基盤づくりに惜しみない協力をしてくれた。たとえば、集まったボランティアたちが安心して介護できるようにと、メンバーのひとりが個人的に仲良くしているリハビリの先生を講師として学校へ呼んで、「脳性マヒとその合併症について」という講演を開いてくれ、自分にとってもいい勉強になった。

こうして人が集まり、介護方法も見えてくる。学校も、次に解決すべき家探しに力を貸してくれた。学校から徒歩25分の指定下宿に空きが出て、大家さんと交渉し、契約成立。

改造箇所は以下の4カ所だ。

①玄関の段差解消→スロープ化。

②部屋の床にビニールシート（畳の部屋→洋室）。

玄関の段差解消スロープ。左側に立てかけられた板をスロープ上に置くと、調理作業のときに作業台上のホットプレートが使いやすい

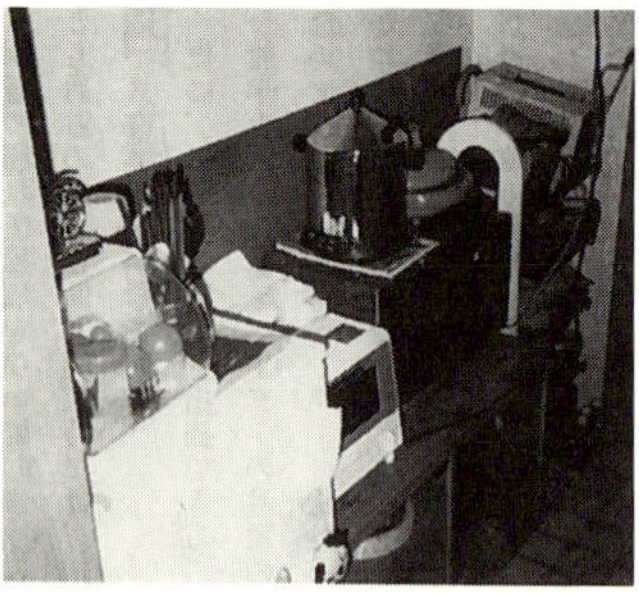

冷蔵庫、電子レンジ、オーブントースターなど車イスから届きやすい高さに配列してある台所

下宿の平面図

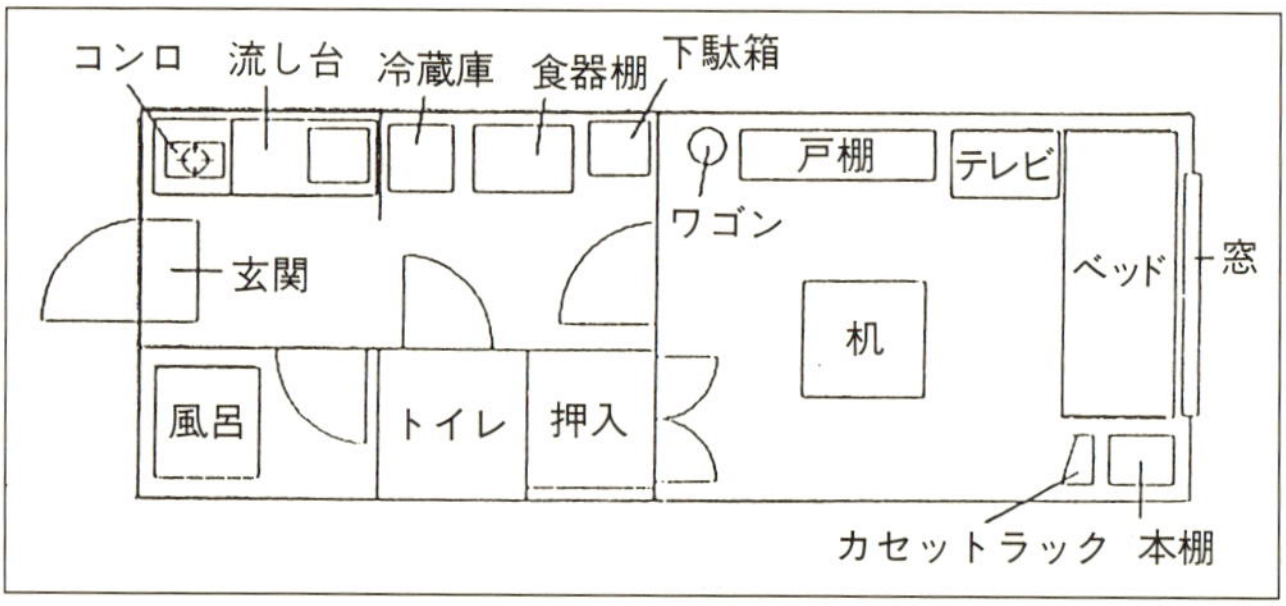

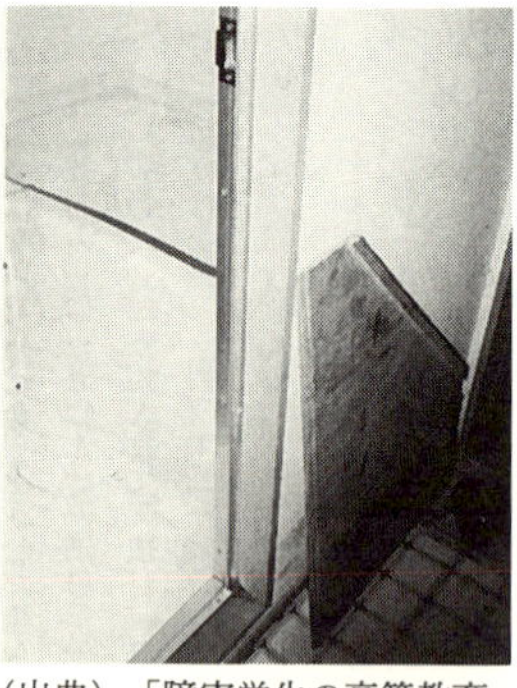

玄関からユニットバスを見る

左上の写真の板をセットした状態

（出典）「障害学生の高等教育」国際会議『高等教育機関における障害学生を支えるサポート・システム』ボイックス、1993年。

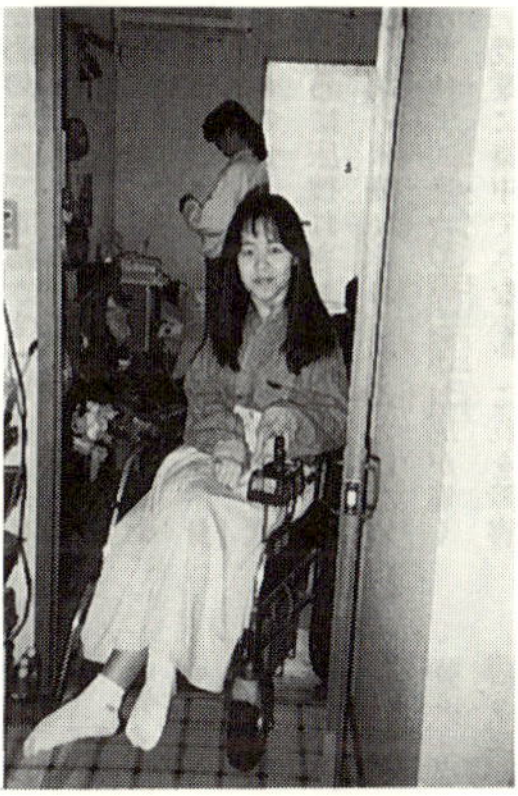

6帖間の入り口。電動車イスを室内でも使っている

③トイレの段差解消→簀子張り。
④水道の蛇口→レバー式。
大家さんが大工さんということもあって、改造合計金額は2万円ですんだ。
これで、準備はすべて整った。

調理台板の引き出しを開け、そこに、まな板をはさんで固定し、自分で包丁を使う

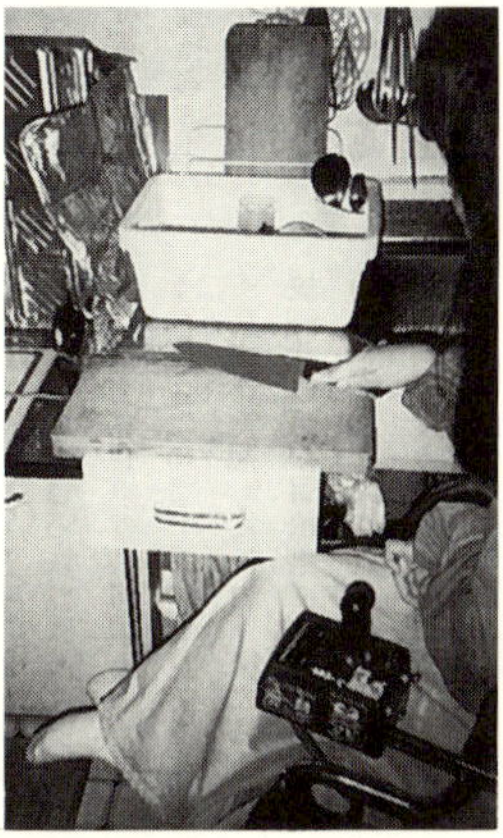

2　24時間介護の生活

●初めは修学旅行気分

ぎこちないながらも、なんとか走り出した暮らし。お気に入りのものだけを6畳1間の小さな部屋に詰め込んで、その生活は始まった。

生活スタイル：24時間介護。

介護体制：介護者2名（日程調整は電話連絡）。

介護内容：トイレ、入浴、食事など生活全般。

使用福祉機器：電動車イス、手押し車イス、ストッキングエイド。

最初は無我夢中の日々が続いた。こちらはひとりでも、介護に来てくれる人は毎日違う。「なんで歩けないの」とか「どんな目的でこの大学に来たの」など毎晩かぎりない質問攻めにあい、少々睡眠不足状態に。一方、みんなは修学旅行気分で、とにかくはしゃいでいて、楽しそうだった。また、多くの人とかかわれば、その分だけ彼女たちの生活を垣間見られる。お風呂に1時間もかける子もいれば、夜歯を磨かないで寝る人もいたり、黙って見ているとこれがけっこう面白かったし、勉強になった。寝る前は歯を磨こう！とか。

ただし、卒業するまでもち続けてしまった課題のひとつでもあるが、勉強しに来たのか生活しに来たのか、わからなくなってしまっていた。生活の基盤がないと、学生生活は送れない。だから生活にウエイトをおいて考えていたのだが、そのことにかなり苦しんだ。毎日同じ話をするのに疲れてしまい、プロフィールや一日の流れを模造紙に書いて、壁に貼ったりもした。でも、あまりにも心がないと深く反省し、一日ではがした苦い思い出もある。他人と暮らす場合、やはりコミュニケーションが何よりも大切であることを知った。

●つぼみ

美浜での暮らしが軌道に乗りかけたころ、1通の手紙が届いた。封印の箇所に「つぼみ」と書かれた文字は、間違いなく母の字であった。ドキドキしながら、はさみを入れる。そこには、なつかしい優しい母の字がぎっしりと並んでいた。

直子！　元気かな。早いもので、あなたが名古屋に上京してもうひと月あまりになります。

親というものは幾つになっても子どもという感じから抜けきれないもので、色々心配ばかりしておりました。でも、先日そちらに行って来まして、今はホッとしています。昔の諺に、かわいい子には旅をさせよ（チョッと学生だけど）とか、他人の御飯を食べさせろなどと、人中の苦労をくぐり抜けてはじめて独立独歩の人間として鍛え上げると考えられていたものです。

こんど直子が名古屋に一人で上京すると言い出した時、どんなに強く反対をしてでも私達の手もとに止めようと思ったか。

けれど、あなたが親の手に甘えていないで一人で世の中（自立）に飛び込んで行こうというのに、私達が盲目的な愛に引かれて、せっかくがんばろう、伸びようとしている将来の邪魔をするようではならないと考え直したのです。

でも、とても勇気がいったと思います。又、直子自身臆病なところがないので、それが気になります。何よりも実行力があることが大切ですが、そのために人を傷つけたり、自分が憎まれたりしては、何にもなりません。自分だけの考えで行動せず、必ず先輩の方に相談し、大勢の人たちの意見を尊重する習慣をつけて下さい。ほかの心配は一切しなくてもよさそうに感じました。

素直にだれにでも可愛がられるように、がんばって下さい。

不満や不足の起きたときは、必ずお手紙下さい。母ちゃんも一緒に考えます。

泣きたい時も、お手紙下さい。母ちゃんも一緒に泣きます。

だけど嬉しいことも、ぜひ知らせて下さい。それだけが何よりのたのしみに、あな

たの便りを待っています。
身体に充分気をつけて。お尻やコシが痛む時は無理はしないこと。無理をすると、続くものも長く続かなくなりますヨ。
では皆様によろしくネ。

母ちゃん　平成元年9月30日

張り詰めていたものが一気に切れた。誰がそばにいようと、関係なく泣いた。この手紙があれば、絶対に4年間頑張り抜ける気がした。母はいつだって偉大だった。

●プライベートな時間がほしい

両親には心配をかけるからと相談しなかったが、このころ大きな難題を抱えていた。毎日図書館で、こっそりと書いていた日記には、それが切実に語られている。

11月13日
一人になりたくて、仲間の存在を確かめたくて、「トイレ」と言う。
あの狭くて、無限に広い空間を、私は好む。
「うんちがしたいし、恥ずかしいから、少し出てて。5分したら見にきて」

私はしきりに願い、頼み込む。
最近こんなゲームをして楽しんでいる。
ほんの数分に私は何を考え、思いをめぐらしているのだろうか。

いつも誰かのいる生活に疲れていた。誰かがいないと、トイレも食事もできないことは、頭では十分にわかっている。だから、今日までこれた。でも、ひとりにもなりたかった。思い切り声を上げて、泣いてもみたかった。それは実に不思議なもので、仮にひとりにさせられたら、不安で仕方がないこともわかっている。まさに狭間の中でひとり苦しんでいた。

12月27日
もっと深く誰かと話したい。真剣に話したい。
この人！　という人がいるわけではない。
しいて言えば、もう一人の私か、大きな青い空。
名古屋で生活を始めてから4カ月。恥をかくことが大切だと思った。
惨めな思いも、苦しいことも、つらいことも、本当は楽しいことなんだ。
一見みにくく汚いものに見えるけど、
そういうものであればこそ、得るものは大きく、なんともいえない価値がある。

上手に恥をかくこと、自分に素直に生きること、シビアになること。
これが当面、悩みつつも進んでいくテーマだ。

毎日誰かがやって来ることにも、感謝の向こうにパンク寸前のものがあった。一瞬たりとも人が空かないようにプログラムしているのだから当然なのだが、時間どおりにやって来る人というよりは、むしろ友達とボランティアの区別がつけられなくなっていたことに、つまずいていた。手伝ってくれている誰もに同じように接したいと思うばかりに、混乱を起こしてしまってもいた。

この苦しみから一瞬でも逃れたくても、約束の時間に人がやって来ると、また笑顔で迎えてしまう。割り切って考えられなかったのは、思っていることをそのまま言ったら、介護する人がいなくなるのではないかと恐かったのかもしれない。

角度を変えてみても、ちょっと気のある人と秘密の電話もできない。手紙を書きたくても、「見ないでね」とも言えない。自分の家なのに、そう感じられたことは一度もなかった。プライベートな時間も空間もそこにはなく、本当の自分さえ、見失いかけていた。

苦しすぎて、気持ちが動けなくなると、よく授業をさぼってひとりで誰にも言わずに、そっと海に行った。大学から歩いて10分くらい。寄せては返す波の音。地球の音。歩いていけそうな穏やかな海に、真っすぐな水平線。そんな海を目の前に、よく目を閉じた。

見えないものが見えてくる。聞こえてくる。伝わってくる。大自然のエネルギーを吸収して、明日への頑張りに変えていた。

●ボランティア日記から

では、介護してくれていた人たちは、この生活をどう見ていたのだろう。いつも机の上に自由に書き込めるボランティア日記を置いていた。内容はさまざまで、おいしいカレーの作り方から、「今日、私はピンクのレースのショーツをはいています」という、聞いてもいない大胆告白まで書かれている怪しいノート。いくつか、こっそり紹介。

Aさん　　90年9月10日

初めての介助で何をしていいのかわからなかったけど、まぁこんなもんでした。
そして、初めて見る光景もあり、息を飲むこともありました。
でも、人間て、なーんでもできちゃうんだなぁーと〝感動〟してしまいました。
やっぱり「なれ」ですね。
小島さんは、強い！　ほーんとに強いっ！　私はオロオロするばかりです。
今日は役立たずで、ごめんあそばせ。
これからは、もっとしっかりした介助人になるからね。

また、ここに来ますから、待っててください。

Bさん　　90年9月14日

あづい。溶けて消えてしまいそうです。ああ、このままどっかに消えてしまいたい。このごろ自己嫌悪の日々でちょっとセンチになってたけど、久しぶりに直ちゃんに話せてPOWER UP⁉ってかっ。

久しぶりに宿泊ボラをやってみて、ビックリこきまろっ。「小島、でっかくなったな」って感じ。この前まで、こ――んなにちいさかったのに……。本当に直ちゃんの進歩の早さには、すごく驚かされた。トイレだって、介助は一人しか必要なくなったし（一人で立っていられる時間が長くなったね。うひょうひょ）。やったね。でも、あともうちょいだね。お風呂以外はだいたいたい一人の介助で充分だと、今日やってみて思った。

直ちゃん。もっとゆっくり話したいね。ふたりっきりで。今日は海へ行こうと思っていたのに、雨が降ったりやんだりで。ちくしょー。だからね。今度晴れた日に、おにぎりむすんで、行こうね。

Cさん　　90年1月15日

〝自然な自分になりたい〟といつも言ってる小島ちゃん。

自分に素直になってください。
傷つけることを恐れないでください。
人を傷つけることによって、自分が傷ついてしまうことを恐れないでください。
自分にうそはつかないでください。
小さな無理が重なると、身動きがとれなくなります。信じることです。
裏切られても、（裏切られても）、「信じ続ける」ことのほうが難しい。
これから言いたいことが言い合えるような関係を目指して、お互い頑張ろうよ。
P.S　発散しよ――う！
P.S.S　自分を見つけよう！（新しい）

89年10月24日

Dさん

自分のプライベートの時間に必ず他人がいることは、はっきり言ってしんどいだろうと感じます。今まで何回か介護に入りましたが、不快に思ったことが一度もなく（このノートを読んでいても、みんなの感想は〝楽しかった〟がほとんどだから）、たぶん介護の人たちに気くばりをしているんだろうと思います。そういう小島さんの気くばりがあるんだということを、自分の気持ちのなかに持ちながら、これからもここにやってきたいと思います。

今回の小島さんのことを通して、私もいろいろ勉強になったことがあります。

①学校側の対応

福祉大でありながら、身辺自立のできている障害者しか受け入れないという考え方。大学にこれる、きたい障害者を、身辺自立ができている、いないということだけできってしまうことには、問題があるのではないか。

②地域のボランティア制度の不備

一応ボランティア制度なるものはあるが、週8時間しかきてもらえない。介護の必要な障害者は、必然的に施設暮らしか、家族の世話になって在宅暮らしという生活しかできない状態になっている。小島さんは運よく（人柄によるところも大きいと思うが）一〇〇人近くのボランティアに恵まれ、今なんとか自分の生活をはじめている。しかし、障害者のすべてがこのように恵まれた状況になることは、まずありえない。小島さん自身も、大学卒業後はどうするのか、10年後、20年後を考えると、不安だとも思う。やっぱり行政側のボランティア制度、本気で考えてもらいたいなぁと思う。

●ほのぼのエピソード

卒業まで、あと○○日！と数えなかった夜はない。期限があったから頑張る意欲が湧いてきたのだと思う。何度も精神的限界を迎えたけれど、やっぱりやめられなかった。みんなどいっしょにいたかった。そう思わせてくれた思い出たち。

寒い夜に……

膝から下は夏でも氷のように冷たい両足。ある冬の寒い晩、寒さのあまり寝つけなかった。申し訳ないと思いながらも、トイレへ頻繁に通い、寝返りも数回頼んだ。すると、その日のボランティアの子同士が何やらひそひそと小声で相談している。そして、いきなり「直ちゃんまだ起きてる？　こっちへ来る？」。

答える間もなく、2人は協力して布団を近づけ、枕の位置を変えている。初めて、ベッドではなく床で寝た。3人頭を並べて寝た。

今度は、1人の子が足を挟み撃ちにしてきた。

「おばあちゃんがね、足が冷たくて眠れない夜に、よくこうしてくれたんだ」「冷たくなっちゃうからいいよ」と言うと、「いっしょにあったかくなるんだよ」。

いつまでも感じていたい、優しいぬくもりだった。

もう二度と言うな

精神的に息づまると、決して頼りにはならなかったが、ついつい相談してしまう2人の男の子がいた。女の子と違って「あれからどうした？」などと引きずらないところが気に

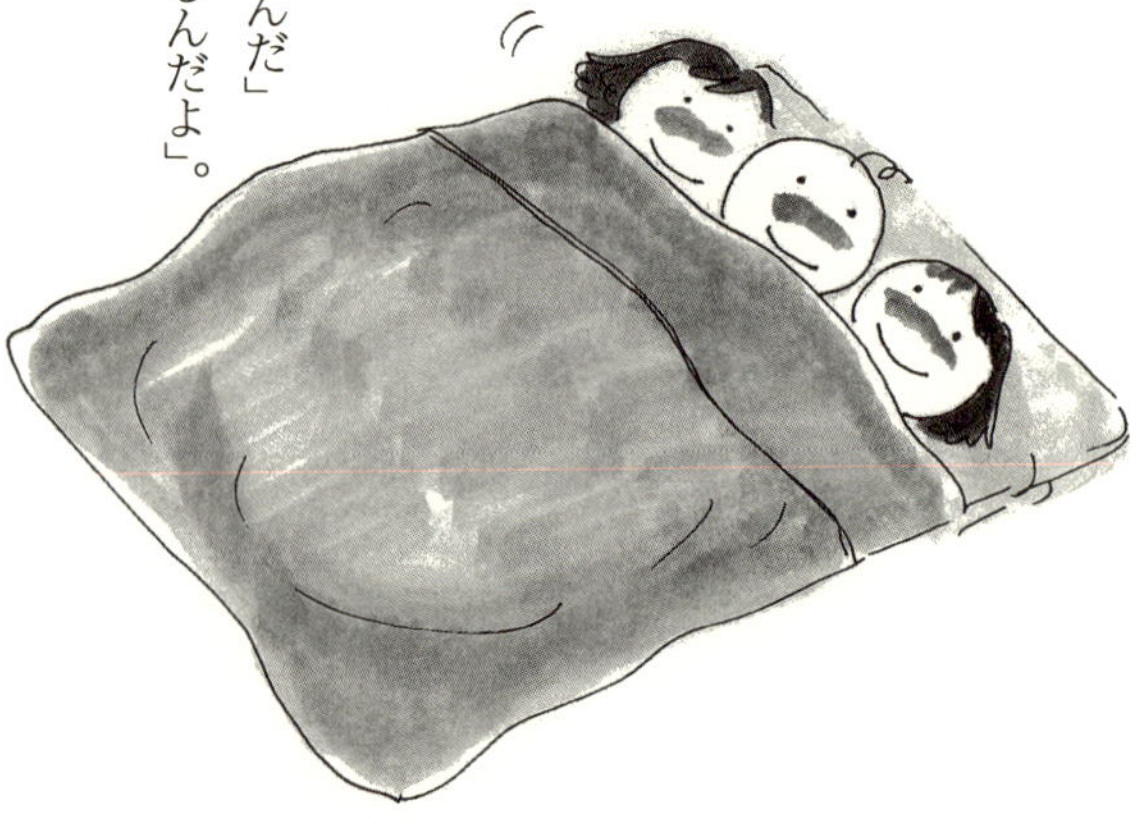

入っていたし、安心して話ができた。彼らは同じ棟の下宿に住み、仲良しでもあった。あまりにひとりの時間がもてなくて、とうとうある日パンクした。

「辛い。苦しい。学校を辞めたい」

そう本音を伝えた次の瞬間、涙声で怒鳴られた。

「辛いことはちゃんと聞こう。でも、辞めるという言葉だけはもう二度と言うな」

そして、付け加えられた言葉は、「いっしょに卒業しよう」。

卒業を誓えた喝でもあった。

彼

知り合って3年目。「やっとだね」から付き合いは始まった。いつも近くにいたのに、ずっと見てたのに、素直に気持ちを伝えられずにいた。

プライベートなことだから、そっと胸にしまっておきたいことばかりだけど、ひとつだけ自分を変えられた言葉を……。普通の女の子と比べてしまうと、不安になって、つい聞いてしまった。

「本当に、こんな私でいいの?」

そのたびに言ってくれた一言が大きな自信をもたせてくれ、また自分を好きにもなれた。

「いいんだよ。もっと自分に感謝したほうがいい」

初めてのデートは、名鉄知多新線の知多奥田駅で待合せ。ボランティアさんには先に帰ってもらったので、ひとりで待っていた。約束の時間まであと少し。遠くから彼が走ってくるのが見えた。どきどきわくわくして、彼を見つめる。姿がはっきりと見え、「おはよう」とさわやかに言われたとき、ゲッ！　服装にビックリした。GパンにTシャツ。そこまではいい。そのTシャツに書かれていたロゴは、「キリンの一番搾り」。言葉をなくした。デートなのに。名古屋まで行くのに。お洒落をしてきたのに。

結局、彼は、急いで着替えに帰り、仲良く穏やかに出かけた。そんなこともあったね。彼と過ごしたたくさんの時間は、一生の宝物。本当に幸せだった。

●忘れられない夜

予想もできなかった、すごいことが起きてしまった。その日のボランティアは、同級生のAさんと、キャンプサークルの仲間で1学年先輩のNさん。ふたりは初顔合わせ。Aさんは全盲で、盲導犬と暮らしていた。「できることがあれば……」と言ってくれて、この日で2回目だった。もうひとりのNさんが、約束の時間がきても来ない。「どうしたんだろう」とふたりで話していると、ピンポーン。「来た！」

玄関を開けてもらったが、聞こえてくる声がない。Nさんではない。立っていたその人は、耳の聞こえない先輩Bさんだった。事情を聞くと、Nさんは急用ができ、来られなくなったので、ピンチヒッターに頼まれたという。あわてて探すのは大変だろうと、配慮してくれたのだろう。

3人でいっしょに過ごす時間が重ねられるごとに、緊張感は高まっていく。おしっこ、夕飯の準備に、入浴。いつもは何気なく指示を出せているのに、今日は違う。意志伝達を考えなければならない。

たとえば、トイレ。いつもなら、「ごめん、おしっこお願いできるかな?」と言えばすむ。でも、この日は、まず目は見えないが耳は聞こえるAさんに「ごめん、トイレに行きたいんだけど、Bさんを呼んでほしいの。彼女は台所の玄関近くにいるから」と伝える。Bさんはあわてて走ってきて、ひとりで抱え上げようとするが、それは無理。今度は、目は見えるけど耳の聞こえないBさんが、Aさんの手を取りながら指示を出していく。こんな調子で、夜中のトイレまでお願いした。

とにかく、すごい夜だった。一睡もできなかった。3人の残存能力をフルに利用して無事に迎えられた朝は、すがすがしかった。人間って、すごい!

●親　友

図書館での思い出。この話をちょうど誕生日にしたから、かなり強烈にインプットされているのかもしれない。誕生日ってバレンタインデイやクリスマスよりも特別で、大切で。だって、この世に生まれた記念日だから。

年末のレポート提出に向け、数冊の本を山積みにして、ひとり励んでいた。そこに背後からスーッと現れ、先輩の口癖。

「最近どう？」

「あんまり元気じゃないかな」

「なんか、あった？」

こんな何気ない挨拶から話はどんどん進んでいく。

自分を追いつめた生活、自立への混乱、綿密な時間に追われた生活……少し疲れていた。辛い、苦しい。でも、生きたい。生き抜きたいし、逃げたくない。こんな気持ちでいっぱいだった。

「みんなの前では笑っていたいから……。気持ちはパンク寸前だけどね。こんな気持ちのときって、非現実的なことか暗いことしか考えられないんだよね。そうすると、真逆様に、真っ暗な闇に突き落とされていくような、不安と戦っていくの。静かに少しずつ、落ちていくんだ。あるところまで思いつめ続けると、確実に死へと向かっている自分に気づけるんだけど、ヤバイ！と思いながらも、もう戻れなくて……。

〝この状況から抜け出すには、死ぬしかないのかな〟〝この人生を終われれば、きっと楽だろうな〟〝あ〜あ。明日の気持ちは、もっとずっしりだろうな〟

地面に叩きつけられるような気持ち。逃げ道も、助けてくれる人も、いない。たったひとりでの、自分との戦い。ここまできちゃうと、〝今まで、頑張ってきたじゃない。本当にこのまま、終わらせていいの〟なんて前向きな余裕は、どこにもなくなってしまう。

逃げ出したいほどのテーマを本気でとことん考え抜いて、それが限界にまで達すると、一瞬ポン！って跳ね返って、上がってこれるターニングポイントに出会えるチャンスがあってね。それを見つけたいがために、自分を追い込んだりするのかも」

黙って聞いていてくれた先輩は、びっくりしていた。

「すごく、よくわかるよ。同じようなこと、よく考えてるよ。でも、女の子の口からこんな話を聞いたのは初めてだよ」

それからというもの、親友になった。

3　頑張りすぎない

●時間に追われる毎日

　ずっと憧れていたはずの女子大生生活は、「自立」という目標が加わったために、華々しいものではなかった。それでも、3年生にもなると生活は落ち着き、時間的にも余裕が出て、大学図書館でデータ処理のアルバイトを始める。これがまた忙しさを助長。楽しかったけれど、見えない時間に追われに追われていた。

　朝6時に起床。トイレをすませ、簡単に身仕度をしてから、お弁当を作る。1つじゃなくて、ふたり分。ニチレイの冷凍ハンバーグに、ひじき入り特製卵焼き、タコウインナーと、張り切っていた。朝お風呂に入る子もいれば、自分のブローと化粧に1時間かかる人もいる。だから、メニューひとつ考えるときも、「今日はA子だから、野菜炒めを作るだけの時間はあるよね」とか、「B子の日は朝ご飯作りも兼ねて、サンドイッチにしよう」と、工夫したものだ。

　お弁当を作りながら、顔も作って、バンダナでお弁当箱をきゅっと縛ってから、朝ご飯。昨夜の余りご飯に、オレンジジュースとキムチ、冷凍のラザニアを3人で分けて……

みたいに、すごい組合せの日も多かったが、それはそれで楽しかった。

8時には家を出なければならない。ご飯の後片付けに、掃除（はたきをかけて、ほうきでさっと掃く程度）、トイレ、夕飯の準備までを、超特急ですませていく。

勢いのある時間と戦い、予定どおりの8時に家を出て、バイトに向かう。いつもの通学路に、ビーグル犬と女の子の友達がいた。電動車イスで通るたびに、「ワゥー、ワゥー」って呼ばれる。必ず、「お早よう、行ってくるね」挨拶をして、通学していた。

裏門から校内に入って、宿泊ボランティアのふたりとはいったんバイバイ。こちらはバイトに、彼女たちは講義に行く。90分ごとの休み時間のたびに、図書館までトイレチェックに来てもらい、行きたいときには図書館内にあった車イス用トイレを使う。

お昼はちょっと抜け出して、彼とお弁当を食べたりして、ひと休み。そして、5時までまたバイト。II部に在籍していたから、授業は6時半に始まり、9時まで講義を受ける。

その後も、まだ家には帰らない。学障会をはじめ4つもサークルに入っていたから、その活動をして、11時からの宿泊ボランティアと、下校ボランティアの計3人を、待合せ場所で待つ。夜道は危険だから、必ず男性の下校ボランティアにボディーガードしてもらいながら、外灯のない20分の道のりをてくてく帰っていた。

玄関でボディーガードくんとはさようならをして、またまたすさまじい時間が過ぎていく。もう11時半を過ぎているのに、それから夕飯を作って食べ、宿泊ボランティアをしてくれている人たちに電話で連絡調整して、お風呂に入って……。知らない間に3時になっていることも少なくなかった。だから平均の睡眠時間は、4時間くらいで、すぐに起きなければならない。そんな繰り返しだった。

一日の流れができてくると、ボランティア体制にもだんだんと工夫をこらせるようになる。自分の下宿に近い人はあえてローテーションには入れず、緊急時に飛んできてもらうシステムを考案した。「ごめん、熱が急に出て、明日のボランティアに行けそうになくて」という電話や、「直ちゃんが酔ってて立てないんだけど、お風呂に入りたいってわがまま言うからｈｅｌｐ要請」といったとき、連絡できるネットワークを作ったのだ。

また、先輩後輩が入り乱れるボランティアメンバーで、友達同士といった配慮することなく、個人の予定のみで組んでいけるようにもなった。6畳1間の空気が流れない部屋に初顔合わせでも、コミュニケーションをとれる自信がついたからだ。

●めざめ

身体機能を向上させ、何もかもひとりでできるようになることが自立。「できないこと」を、どんな手段を使っても「できること」に変えていくことが、自立。ずっと、そう思っていた。

ストッキングエイドという自助具を使って、1時間かけて靴下をはくこと。お風呂場で泡付きのスポンジを持ち上げては落とし、また持ち上げてを繰り返し、汗をかきながら洗った太股と両腕。ちょっとブカブカのTシャツを、何回かバランスを崩して転んだりしながらもひとりで着られること。

たとえみんなの何倍もの時間を費やしたとしても、自分ひとりの力だけでできることがうれしかった。それが自立と思っていた。努力をしてできなかったことが、できないと思っていたことが、できることに変わっていくのはうれしかったし、今はたとえ時間がかかっても、毎日練習しているうちに、少しずつスピードアップしていけるはずと信じていた。

ところが、ある日、隣に住んでいた車イスの先輩に忠告された。彼女は事故で下半身不随になったが、上肢はしっかりしていて、自分の車イスを助手席にポンと放り込み、真っ赤な車でどこへでも行く、パワフルで綺麗な、憧れの先輩。

「いつまで頑張る気？　今のままの生活を続けてたら、潰れちゃうよ。これから先の人生のほうが長いんだから、どこかで上手に息を抜いていかないと。生活は毎日ずっと続いていくんだよ。たとえばね、今1時間かけて靴下がはけたとしても疲れるし、他のいろんなことに時間がかけられないでしょ。もし誰かの手を借りてそれが30秒で終われば、残りの59分30秒は自分の時間に使える

のよ。好きな本を読んだり、口紅をつける時間にね」

気持ちが楽になった。先の人生にゆとりを見い出せるようになった。先輩に大感謝で、それ以来、化粧や歯磨きのように〝どうしてもひとりでやりたいこと〟と、着替えや入浴のように〝誰かの手を借りること〟を組み合わせ、一日の生活メニューに応じて、時間を能率よくコントロールできるようになる。

どんなに頑張ってもひとりではできないことがあることも、生活のなかで知った。この「できないこと」を認めることも、自立のひとつかもしれない。認めるまでにはかなりの時間がかかったが、あきらめという意味ではなく、現実的な問題として受けとめなければと考え直した。車イスからの移動や入浴など、どれだけ機能回復訓練を頑張っても、障害に合わせた工夫をこらしても、どうしてもできないこともある。いい意味で発想を転換していかないと、先には進めない。

この2つがわかり出してからは、有意義な時間の使い方ができた。今日はどこにウエイトをおいて過ごしたいかを十分に考慮して、生活を組み上げていった。これもまた、重要な自立の要素である。

4 「ずるい！」と思わせたまち

●初めての海外旅行

福祉を学び始めて3年、ずっと抱き続けていた疑問があった。

「福祉なんて本来こうして学ぶものではない。誰もがもっていなければならない理念であって、福祉という言葉がなくなる世の中にしなくてはいけない」

でも、卒業したいから気持ちのみの抵抗に終わり、机に向かっている自分が悔しかった。何かが違う。このまま養護教諭をめざしていいのか。もっと大きな世界で考えて、ものごとをとらえてみたかった。そんなとき大学で、バリアフリーが世界一進んでいると言われているカリフォルニア州バークレーを訪ねる「福祉視察ツアーｉｎアメリカ・バークレー」という貼り紙に出会う。その瞬間、運命的な出会いを感じてしまっていた。

初めての海外旅行に不安はひとつもなかったが、出発の3日前から興奮して眠れなかった。当日は入念なる荷物チェックを再度して、空港へ向かう。彼が見送りに来ていた人は他にいなかったから、冷やかされつつも涙目になりながら、ゲートを後にした。飛行機が飛び立つまでの気迫は、想像を絶した。ゴーというエンジン音。両肩に迫りくる圧。思わ

ず、南無阿弥陀仏と心で必死に唱えていたら、もう雲の上だった。約8時間の飛行。まだ見ぬ国のことを勝手に想像しては、ちょっと怪しい人のようにひとりで笑っていた。

●American Dream

カリフォルニアはオレンジの国。真っ青な空、日本の熱帯植物園に似た暖かさに、行き交う人は誰もが意味なくとびきりの笑顔を奮発していて、イメージそのもの。

迎えに来てくれていたリフト付きバンに乗り、バークレー市街へと車を走らせる。乗ってから気がついたが、運転手さんは車イスに座ったままだ。しばらく状況を把握できなかったが、わかったときの驚きと感動はすごかった。運転席にイスがない。そこへリフトで車イスのままアプローチして、運転している。快挙だ。既存の概念を大きく覆された。本当の意味でのアメリカン・ドリームをこの目で見た。

ツアーの目的は、福祉先進都市の自立生活センターへのヒアリング、福祉機器の展示場見学など盛りだくさんだったが、こちらの興味は違うところに向かっていく。

電動車イスのバッテリーが固形であれば飛行機に乗せてもらえることを知らなかったから、手押しの車イスで渡米していた。いつも自由に動いているだけに、物足りなくて仕方がない。ここはアメリカ、自由の国なのにと、初めは少々スネネモードに

入っていたが、思い切った投資をして1日100ドルで電動車イスをレンタルする。時速20㎞も出るスーパーカーを乗り回せるのだから幸せだった。

自由時間に友達と街中を自由に歩く。歩道が広く、スピードがビュンビュン出せる。ローラースケート気分で髪をなびかせながら、颯爽とスーパーカーを操る。ときに調子に乗る悪い癖があって、「ひとりで街を歩いてみたい」と友達に告げ、強引に「じゃぁ、2時間後にここね！」と無理な約束をさせ、ひとりの時間を楽しんだ。

せっかくだからバスも乗ってみたいし、地下鉄にも乗ってみよう。怖いもの知らずの大冒険は始まった。

アメリカらしいと思って大笑いしてしまったのが、バスの時刻表がないこと。平気で2時間も来ない、なんてことがよくあるらしい。乗降場所も自由だ。走る路線が決まっているタクシーと考えたほうがわかりやすいかもしれない。行き先は決められなかったが、1区間だけでも乗ってみようと待つと、運よくバスが見えた。手を上げたら、乗客をたくさん乗せたバスはガクンガクンしながら止まり、笑顔で運転手さんが降りてきた。「Where do you go?」。最高の笑顔で返事をする。

一見、普通のステップが、リモコン操作でリフトへと変身する。早業とまではいかず、乗り込むまでに5分ほど要するが、乗客の誰もが暖かくこちらを見守っている。「Where do you come?」とか「Oh! very cute!」と話しかけてくる。イライラして待っている人

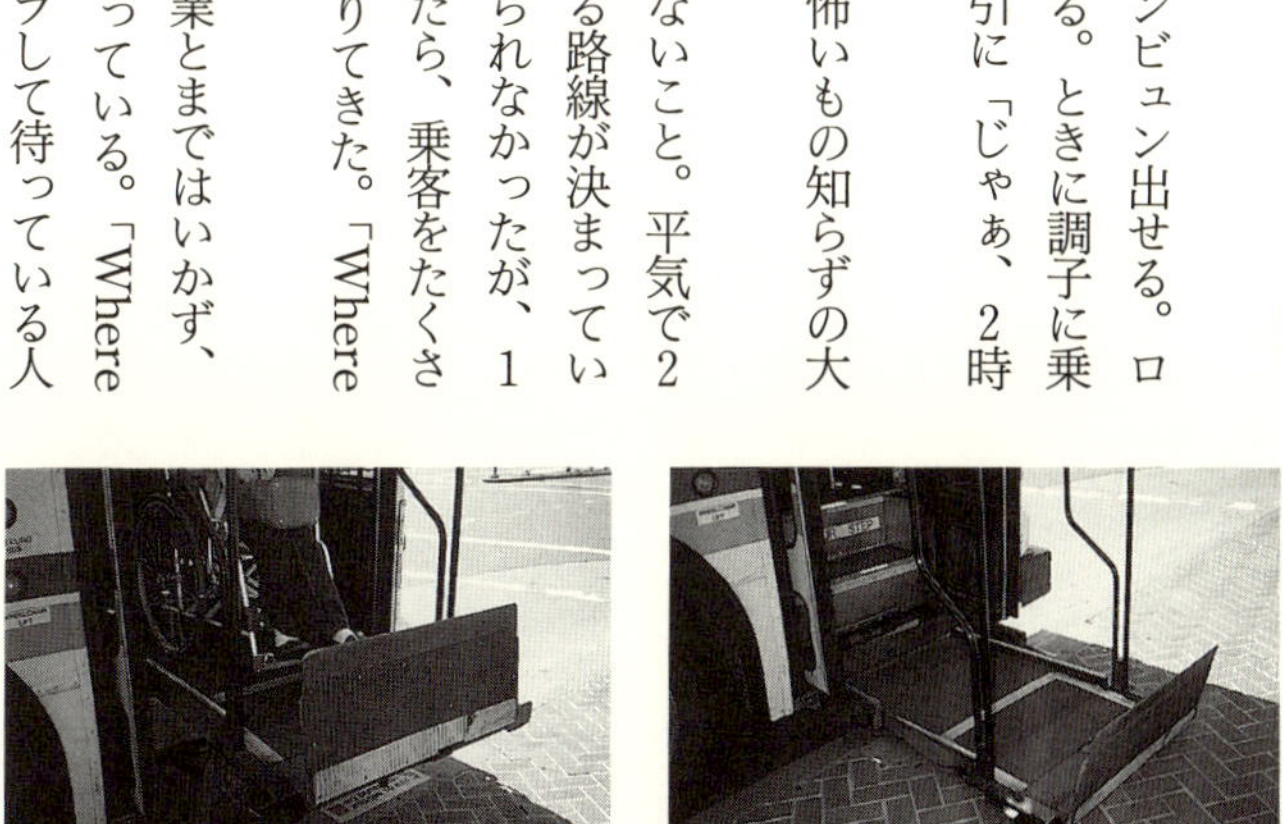

ステップの部分がリフトになる

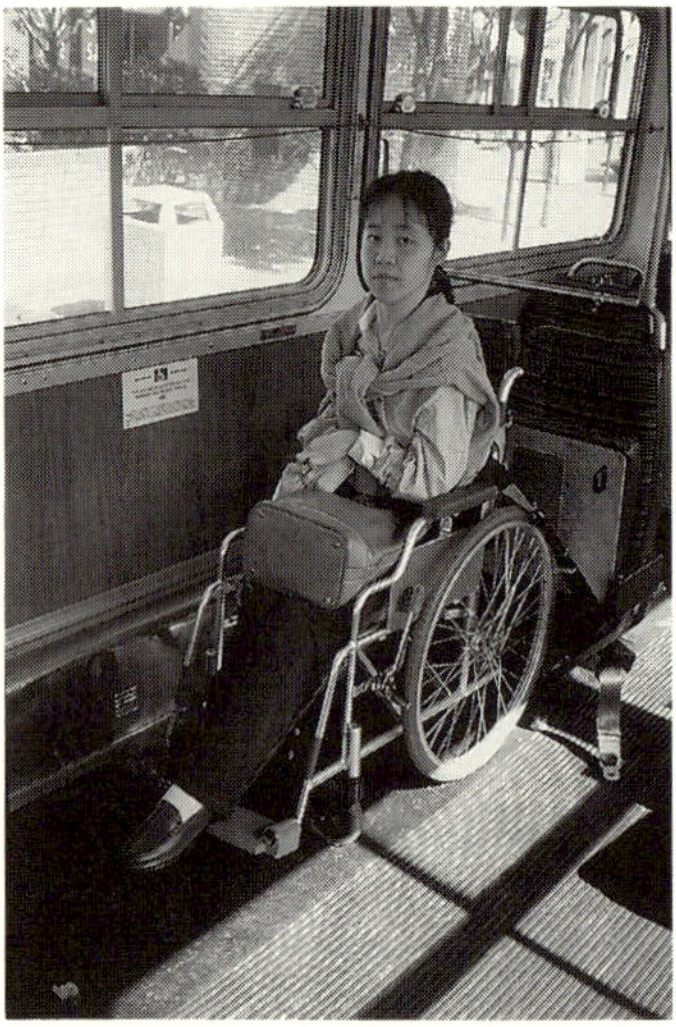

バス内の車イス用スペース

なんてひとりもいなかった。心までバリアフリー化されているバークレーでは、99%の確率でバスにリフトが備えられていた。

そして、市内の全地下鉄にエレベーターが設置され、車イスの目線からでも十分にわかりやすいようにサイン計画（何がどこにありますよという標示）も徹底されていた。待たされることもなく、エレベーターでホームへ向かう。ホームと電車の隙間はなく、フラット。自転車まで乗り入れ自由で、誰もが自分のスタイルで行動していた。

●建築家になろう！

「ずるい！」。そう感じたのは、その日の夜だった。シャワーやトイレをさせてもらった後、必ず伝える〝ありがとう〟の響きが、その日は新鮮に感じた。いつもは1日100回以上言っているこの言葉が、今日は何回言ったか数えられるかもしれない。そう思った。ベッドに入ってから、それはなぜだろうかと考える。まちがつくり出している環境が大きく作用しているのではないか。ハード面の整備を行えば、もっと気楽に外へ出られるようになるのではないか。今までバリアのある駅で車イスのまま抱えてもらうと、「重いんだよなぁ、腰痛くてしょうがねぇよ！」とか「何時に帰るの？　5時には帰ってきてくれないと、人が少なくなるから困るんだよね」と言われ、外に出るにはそれなりの心構えをしていたことが、急に馬鹿馬鹿しく思えてきた。健常者と呼ばれる人はみな、こんなにも流暢に移動できているのか。それに気づかされた瞬間、「ずるい！」と叫びたくなった。

ここでは、〝ありがとう〟を言わなくても、どこへだって自由に歩ける環境がある。日本のように、自分の足で歩けないという事実だけで、こんなにも歩けるリズムが違ってしまっていいのか。腹が立った。次の瞬間、恐ろしいくらい冷静に、日本のまちの将来を考えてみた。薄笑いを浮かべながら、確信をもってしまった結論は、「変わらない」。だったら、やろう。やってやろうじゃない。やるしかない。めざすは建築だ。ハード面の整備こそが、住みよい環境への第一歩と考えたからである。

「ずるい！」と思わせたバークレーは、一生涯の夢を与えてくれた。満足に動かない手で設計図が描けるかなんて、どうでもよかった。ダメなら自分なりのスタイルを見つければいいだけだから。建築家になることを夢にして、人生が大きく方向転換されつつあった。

5　断られ続きの就職活動

所属していたゼミのテーマでもあった精神ソーシャルワーカーにも未練があったが、諸事情により3年で辞めてしまったから、これは問題外の外。養護教諭の夢もあきらめたくはなかったし、アメリカを訪れたことで新分野である建築にもめざめてしまったりで、自分でも進む方向が見えなくなっていた。そんなときは全部進む。並列させて就職活動することに決めた。

●板書できなければ、教師ではない！

小さいころからの夢・養護教諭。叶えたくて黙々と勉強し、教育実習に行けるための最低条件である必修科目はクリアした。養護教諭になるためには、社会科教諭の資格がなければならない。迷うことなく、出身高校に実習を依頼するため帰省した。校長先生は在校当時と変わっていて、初対面。話は順調に進み、いざ依頼というときになって、校長先生は顔色を変えたのである。

「授業はどうやって進めるつもりですか」

「ＯＨＰや、重要な用語をカッコ内で空欄にしたプリントを使うなど、工夫したいです」

そして、一生忘れることはないと誓えるこの言葉。

「黒板に字が書けなければ、教師ではありません」

また、こんなことも言われた。

「災害時、君は生徒を救出できますか。自分の命も守れないのではないか」

〝それは誰でも……〟と言いたかったが、答える術と気力を失っていた。

●君の能力は欲しいが、身体はいらない

建築にめざめたきっかけをていねいに文章化し、ゼネコンはじめ建築関係各社に会社案内を請求する際に同封していた。ある企業は、電話でこう告げてきた。

「ひとりで通えたらね、考えてあげてもいいんだけど」

私立高校受験時の悪夢が甦った。単独通学に身辺自立。全部で50社にアタックしたが、すべて同じような理由で断られた。

社会福祉協議会に福祉関連の団体、病院の事務や医療ソーシャルワーカーなど福祉職も10カ所くらい受験した。職の内容というよりは、安心して勤められる施設であると思ったからだ。断られた理由の多くは同じようなものであったが、絶対に忘れられない悔しかった言葉がここにもある。

「君の能力は欲しいが、身体はいらない」

もういい。好きなことをやろう。

いつの日か見返したいと心に決めた。建築家へはまだまだ遠いけど、いつかきっと。

6 卒業

ありがとう

長い長い道のりだった。あと何日と指折りカウントしていたはずなのに、不思議と卒業が近くなると、どうすればもっと大切にみんなとの時間を過ごせるんだろうと悩んだ。

卒業までの4年間、生活にかかわってくれた人は、のべ500人。100万回ありがとうを言っても足りないくらい、感謝してもしきれない。ここへ来るまで生かされていたとしか感じられなかった自分が、生きていると思えるようになったのは、みんながくれた贈り物。「自分なんていなければ」と思ってしまっていた昨日が、懐かしくさえ感じられる。自分にしかできないものを見つけられた気もする。ちょっと自信が湧いてきた。
ひとりひとりの小さな力が、命をつないだ。実りを与えた。残念ながら、この感激はど

れだけの言葉を使っても、伝えきれる自信がない。とにかく学生ボランティアだけで生き抜けたことは、これからの人生において大きな財産である。

卒業式を目前に控え、みんなへのお礼を考えていた。顔写真入りのテレカはどうかな、いやみんなに捨てられるなとか悶々と考えた結果、手紙を書くことにした。大学の取り計らいで、卒業証書に大学からのお礼状も同封してくれるという。

みんなへの手紙を2つと、そのお礼状。

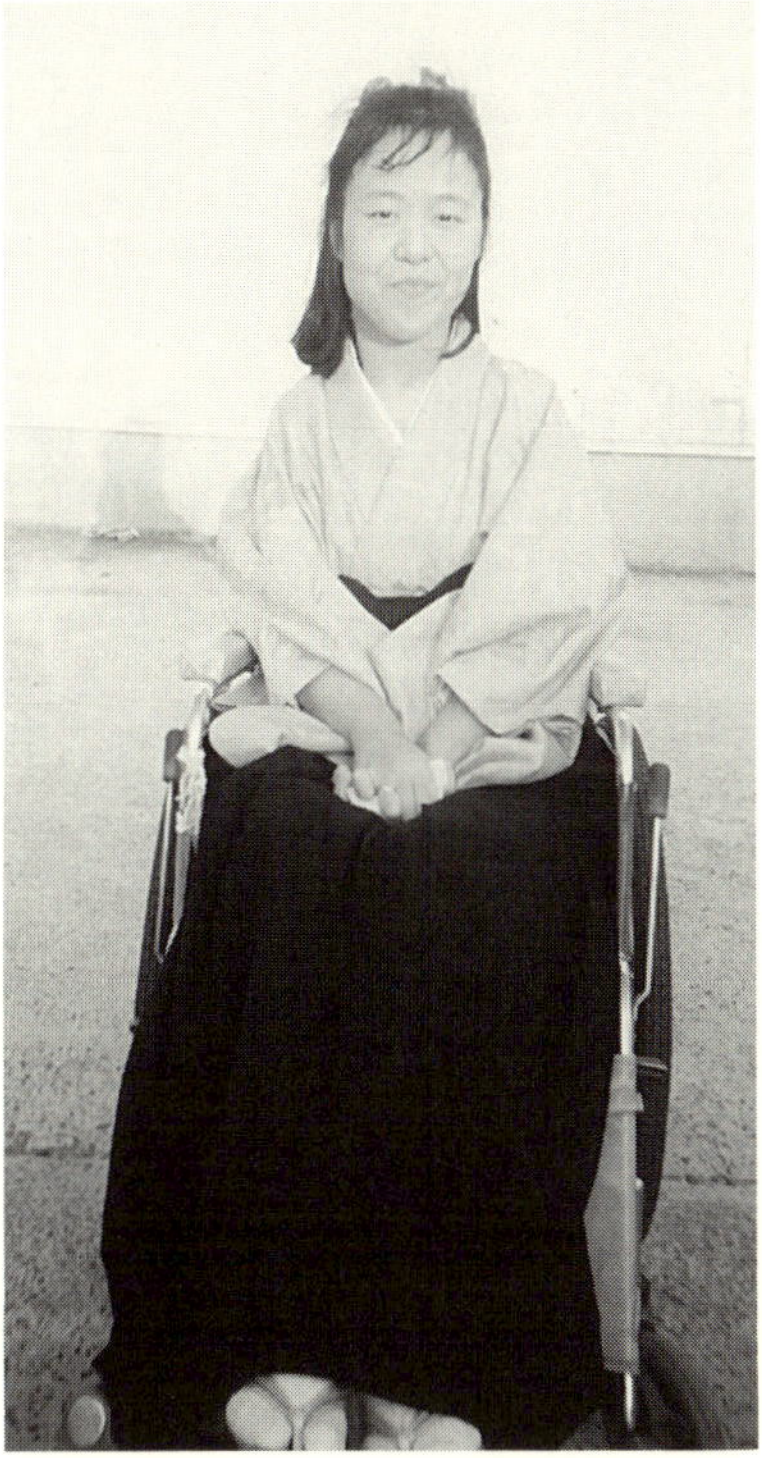

Dear M chan

長い間 大変お世話になりました。
一人一人の小さな力や支えが 私のパワーとなり 夢にまで見た卒業式を迎えることができます。
本当に ありがとうございました。

Omoide

予備校で出逢ったのが 縁（不幸のはじまり）で
それから ずっとのおつきあいですね。 私にとって、時には
母であり、友達であり…… いつも そばにいてくれてありがとう
とても 心強かったし、頼りにしてました。
4年間 頑張り抜けたのも M chan がいてくれたからです
ありがとう
これからも 自分のしたいことしかできなくて、不器用にしか
生きていけない 私だけど よろしくね。

心から ありがとう

感謝の意をこめて 直子

○ ボランティアをして 考えたこと 大変だったこと 私との4年間
などを 書いて送って下さい。 これからの参考にします。

Dear G chan

長い間　大変お世話になりました。

一人一人の小さな力や支えが　私のパワーとなり　夢にまで見た卒業式を迎えることができます。

本当にありがとうございました。

Omoide

Dクラスでいっしょで、それからずっと仲良くしてくれてありがとう。

「こーすればできるかな」って最初のころ"自立すること"を色々と考えたよね。

でも今は、できないことがあることも知り、手助けしてもらうことによってゆとりをもつことも覚えました。

女性としての幸せも　手にいれちゃったけど!!

4年間頑張ったごほうびだよね。。

いつの日か、幸せの見せあいっこをしようね

感謝の意をこめて　直子

○ボランティアをして考えたこと、大変だったこと、私との4年間などを書いて送って下さい。これからの参考にします。

拝啓　ご卒業おめでとうございます！

みなさんが学生生活の様々な場面で支えていただきました小島直子さんも、４年間の大学生活を終え、本日みなさんと共に卒業式を迎えることができました。

彼女の４年間の学生生活は、たいへん困難と思われた大学への就学を、本人の意欲と、みなさんをはじめ多くの先輩や後輩の暖かい支援で可能にし、本学の教職員・学生に対して大きな励ましと希望を与えてくれました。

ここに、みなさんのご支援に対し感謝申し上げます。ありがとうございました！

また、小島さん自身がみなさん宛に書いた手紙を預かっておりますので、お渡しいたします。

私達も小島さんとみなさん方の取り組みを忘れず、大学の発展をめざして更に奮闘する所存です。

末筆ながら、みなさんのますますのご活躍を心から祈っております。

敬具

●フィナーレ

卒業式には答辞を読んだ。これですべては終わったのである。

今日、私たちがこの卒業式に出席できたことを、大変嬉しく思います。私自身にとっても、一入《ひとしお》の思い出と喜びが胸に溢れる春の日となりました。

四年前の春、私たちは様々な想いを抱き入学してきました。私の大学生活を始めるに当たってての目標は「自立」でした。しかし、私が日常生活を送るためには二四時間体制の介護が必要でした。そこで、学生大会でボランティアを募り、二百名余りの協力を得られることになりました。このようにして、たくさんの人を巻き込んでの私の大学生活が始まったのです。新しい生活環境の中で初めて出逢う人との生活は、毎日が修学旅行気分でした。外が明るくなるまで語り合ったり、休みの日には海岸に出て散歩したり、本を読みながら料理を作ったり、今まで一人では出来なかったことがたくさんできて、本当に楽しい思い出が一杯です。

しかし、いつも誰かのいる生活、人のことばかり気にする毎日に疲れを感じ、総てを投げ出してしまいたいと考えたこともあります。いつも自由でいたい私にとって、一日二四時間介護体制は、辛いものでもありました。そんな事を一人で悩んでいたある日、母から手紙が届きました。その中には、こうありました。「もし辛いことがあったらいつでも手紙をください。お母ちゃんも一緒に考えます。泣きたい時は電話をください。一緒に泣きます。嬉しいことも伝えてください。一緒に喜びます」。溢れる涙をふくこともなく、私は何度も手紙を読み返しました。その手紙をいつも持ち歩き励みにしています。

私にとっての四年間は「生活すること」が中心でした。「自立」が私の目標でしたが、その生活の中で、「自立」についての考え方も大きく変わることになりました。以前は、出来なかったことをできるようにすることが自立である思っていたのです。しかし、努力をしてもできないこともあり、そんな時にはむしろ周りの人の手を借りて、その分「ゆとり」を創ることも「自立」の一つの在り方であると考えるようになりました。このように発想を転換できるようになってからは、生活も楽になり、楽しいと感じることができるようになったのです。

私が大学生活で得たことは「生きていくことの重み」を知った事です。誰かがいないと明日が成り立たない私の生活は、大変不安なものでした。介助を要する私が大学へ来るまでは、母が総てをカバーしてくれていたので、何もかもが一人でできるような思いでいました。ところが、両親と離れて生活をして、一人では何もできないことに、また私自身の力の無さに気がついたのです。人が人として生きていくためには、一人では駄目なのだと気がつきました。お互いの持ち合わせているものを、補い、与えあい、支えあって生きているのではないでしょうか。

今、私が自信を持って言えることは「かなわない夢は無い」ということです。たとえかなわなくても、近づくことはできるはずです。その夢が大きければ大きいほど、チャレンジャー精神は沸いてくるものでしょう。大切な事は、とてつもなく大きな夢を持ち、前向きに一歩ずつ進んでいくことだと思います。

四月から、私たちは、生れ故郷に帰り、あるいは故郷を遠く離れた地で、それぞれの生活を始めます。新しい生活の中で、私たちは「普通の生活」の大切さ、人としてあたりまえに生きていくことの大きな意味を改めて知るでしょう。私はこれからも障害を持っている一人として、図太く、厚かましく、図々しく生きることによって、人を変え、地域を変え、社会を変えながら生きていきたいと思います。

最後に、私たちが大学生活を続けられたことに対して、お父さん・お母さん、友達、そして教職員の方々に感謝の意をお伝えし、答辞といたします。有難うございました。

一九九三年三月二三日

卒業生代表　小島　直子

第4章 叶わない夢はない

1　ハーモニーハイツで朝食を

●もう一度ひとり暮らしを

大学を卒業してから3年間、両親といっしょの生活は、本当に穏やかで平和だった。リハビリセンター病院に入院して「おしっこ自立」に励んだり、住宅デザインを学ぶため東京・渋谷の専門学校に通ったり、夢を現実に変えよう、変えたい、と張り切っていた。もう、明日の介助者に確認の連絡を入れる必要はない。「え〜、急に来れなくなったって言われても……。今晩どうしよう、何人かに連絡しなきゃ」っていう夢を見ながらも、現実的にはそうした日を迎えることはない。過ぎていく毎日に、やすらいでいた。

とはいえ、両親との暮らしに何かしらの理由付けがほしい。「いっしょにいることが一番の親孝行だ」なんて都合のいい解釈で、常に迫りくる「これから」の不安に打ち勝とうと必死だった。それは、見えない大きな黒い塊にいつも怯え、それを伝えられない自分が苦しくてたまらなかった日々でもある。心も身体も休みたい気持ちと、いつまでもこうしていられない気持ちが、いつもケンカしていた。でも、考えていても動けない。

家を出なければならない決定的な理由があったら、もっと楽だったのかもしれない。き

っかけさえあれば、次の何かを最後までやりとげられるだけのパワーは、すでにフル充電されていた。あとは、瞬発力にもなる出来事と、適切な時期が重なり合う、決定的瞬間だけ。そんなある日、そのときが来る。友人の紹介で突然、新宿に仕事が決まった。

仕事を得て、それを応援するかのような心理背景がプラスされ、自立へのボルテージは、加速を増すばかりだった。その心理背景とは……。

◎「歩けなくてもいい」生き方

そう、この人生は一度っきり。どうせいつかは死んでしまうのなら、なんでも挑戦しちゃったもん勝ち。もう、じっとしていられない。はちゃめちゃでもいい。とことん生きてみよう。自分の人生に実りをもたせてみよう。

そうしなければいけないと思ったきっかけは、母を一人の女として意識するようになってから。一度の人生は、母にとっても同じはず。母はよくこう言う。

「あなたに会えなかったら、母ちゃんなんてごく普通のおばちゃんになってたと思うよ。こんなにいっしょの時間がもてて、幸せかもね。直子に感謝しなきゃ」

でも、そう一方的に思いを伝えられても、苦しくて、くすぐったくて、素直になんか喜べない。

見えないものに気がついてしまった瞬間、母の笑顔を真っ正面から見られなくなった。

母の人生を考えると、普通の結婚をして、これから幸せになれるというときにこの問題児が生まれ、何が何だかわからないまま、ただただ育てることに必死で。さらに妹と弟が生まれ、てんてこまいな暮らしだったにちがいない。想像するだけでも、大変すぎて涙が出てくる。

もう、止まってはいられない。祈っても、死に物狂いでリハビリに励んでも、歩けるようにならないのなら、「歩けなくてもいい」生き方を見つけなきゃ。つくり出さなきゃ。両親が健在な間に、「大丈夫な環境」を見せるんだ。そう簡単に叶えられる夢なんかじゃないからこそ、面白いし、燃えがいがある。

●有償ヘルパーの利用

再度、一人暮らしをするにあたって、どうしても体験したかったこと。それは有償ヘルパーの利用だ。大学生のときは、交通費まで負担してもらいながらの純粋なボランティアのみだったから、現実問題として、頼みにくい内容も多かった。ボランティアが友達同士だったりしたために、気を遣っていたのが、提供してもらうサービスをいかに均一にするか。今思えば、なんであんなことに頭を悩ませていたのかと苦笑してしまうが、当時は懸命だった。

有償なら、頼みやすいのか。どこまで相手を気にせずに、お願いできるのか。それを考えながら不安と期待を胸に秘め、もう一度挑戦してみたかった。お金を払うことで、人と人とのあったかい関係を守りきれるのかは、ちょっと不安だったけれど……。

意気込み、エネルギーの充電状況、幸せ願い率100％、夢見率120％、チャレンジ率150％。準備は万全だ。とはいえ、「一人で生活するぞ」と大きな旗を掲げても、おしっこもうんちもひとりではできない。いっしょに暮らしてくれる人探しは、かなり手を広げながらも、慎重に行った。まずは事前準備から。

①友達

おしっこさせてくれた経験はないが、気心は人一倍知れている高校までの親友。私の身体との付き合い方に関してはセミプロといっても過言ではない、大学時代の同級生、先輩、後輩（「おしっこ」と言えば、電動車イスの足の台を上げてくれ、「手すりを持って立ち上がったらパンツを下げて……」と言わなくてもすむ人たち）。

②ネット

某有名メーカーに勤務している親友が、社内のネットに掲載。アクセスしてくれた人たちと一度食事をして、お互いのキャラクターを確認→決定→実践。そんなネットの核が、今ではあちこちに健在。

●ガールハントと投稿

街で見かける、見るからに面白そうな人や、声をかけなかったら一生後悔するかもとまで思えてしまう人には、声をかける。そうガールハントだ。恐ろしいくらい、自然な声のかけ方で。

本屋さんで見たい本が大きかったり、厚くて重そうだったりして、ひとりで持ち上げられなさそうなとき、第1チャンス到来だ。本当に恐縮してそうな、でも少し笑顔で、首を傾けて言う。

「すみません、この本を見たいのですが、めくっていただけますか」

そして、対応してくれる相手の言葉づかい、本を見せてくれている高さ、めくるスピードなどを、さり気なくチェック。にじみ出てくる雰囲気に好感をもち、なおかつ気さくな人には、「こんな暮らしをしているのですが、お手伝いいただけませんか」と直球で攻撃する。これもひとつの出会いの縁と考えている。現実に、かなりの人とこうして知り合えているから、恐い。

ちょうどこのころ、「ボランティアをしてほしい人とボランティアをしたい人との情報交換誌」を謳った『ぼらんた〜る』が創刊された。

そこには障害をもっている人もヘルプを求める熱い内容の文章を数多く並べていたが、見出しは決まってといっていいほどこうだ。「介護者募集」。

『ぼらんたーる』への投稿

項　　目	掲　載　内　容
キャッチフレーズ	自分の生き方が「いけてる」と思う女性。 そんなあなたに会いたい。
メッセージ本文	生活のサポートをお願いします。 月に3日以上、通える方。 　A―18:30～ 8:30　¥0,000＋交通費・食事 　B― 8:30～18:30　¥0,000＋交通費・食事 車椅子からの移動＋生活全般を必要に応じて。 食事はごいっしょに、シャワーはご自由に。
生きているウチにコレしたい！	生きていくって、何とかなるものだけど、どうしても譲れないものもある。 これがこの生活。私だけの暮らし♡

単刀直入でわかりやすいが、一般人としてこの記事を見ていたら、連絡してみようとは思えない気がした。なぜって、内容の「手を貸してください」のメッセージも重たいし、生活の裏が見えてきて、苦しそうで胸がつまる。でも、たくさんのヒントをくれた彼らには、素直にありがとうも言いたい。

そんな彼らに「ガンバレ」と小声でエールを送りつつ、新しい刺激&出会いだ！と思い立ち、ひらめいちゃった勢いで、投稿した。テーマは、ふたつ。

人とはちょっと違った見出し。

確実に要求を伝えながらも「らしさ」を強調。

2回の掲載で約10人からコンタクトがあったが、会ってみようとまで思えなかった人たちは、こんなことを電話の向こうで言っていた。

「泊まる約束になっていても、急に行けなくなることもあるんですけど……」

(心の叫び) 泊まることになっているのに、来れないということは、つまりひとりぼっちになる夜もあるってことか。ダメダメ。それは困る。それじゃ、約束にならない。問題外の外の外だ〜ぁ。

「ぼく男なんですけど、泊まれます。できることありますか？」

(心の叫び) 泊まってくれる必要はないです。ハイ、終了。

「あの、外国人です。日本語教えてください」

(心の叫び) 何か大きな勘違いをしていませんか。ここは日本語教育センターの受付け電話ではありません。

世の中には、いろんな人がいるもんだ。

でも、だから生きていくって、面白いんだよね。

●小粋なチラシ

気分を白紙に戻して、ちょっと一般向けするチラシ（194ページ参照）を作り、ボランティアセンターに置かせてもらった。イラストはセンターの気立てのいいお兄さん。まさにボランティアで、ちょこちょこっと書いてくれたものを快く採用させていただいた。

人が足りなく切羽詰まってからではなく、「長い目で見ての人材確保」のためのチラシだ。遊び心と半分本気で、契約書（195ページ参照）なんて作ってみたりもした。でも、恥ずかしくて結局、誰にも渡していない、幻の覚え書き。

●集まったら日程調整と「教育」

こうして〝だまされちゃった〟人たちに、何曜日に泊まれるか、何時なら来れるか、彼女たちの希望を優先しつつ、カレンダーを埋めていく。帰る前に次回の日程を予約し、たとえば第3木曜日の夜というように固定日を決める。

この性格、生活のペース、トランス（移動）を、1日ではつかめない。熟練の人とNew faceの2人で1ペアとなり、3回くらいいっしょに生活して、慣れてもらう。そして、大丈夫になったら、晴れて独り立ちするのである。

●6つの条件で住まい探し

気持ちのいい部屋で、暮らしたい。人も、風も、友達の笑い声までもが、のびのびと過ごせる空間で生きていきたい。「頑張って」探すぞ！と、地図とコンパスを用意。勤務地は新宿、初出勤は4月1日だ。5日前という切羽詰まった状況のなか、家探しを開始した。この緊張感が楽しさを倍増させてくれる。こちらが提示した条件は、次の6つ。

ハーモニーハイツで朝食を

店長の紹介

小　島　直　子 (Naoko　Kojima)

S43・12・01生

３年前、社会福祉系の大学を卒業したが、何故か建築分野へ移行
「何だかよく分からないけど、この子にお願いしたい」と思ってもらえる建築士になるため目下修行中
夢は大きく、もっと自分を好きになれるための人間改革、環境改善、ネットワークづくり

☞ご来店時間

9:00 ～ 18:00
18:30 ～ 8:30

◎キャンペーン実施中
日頃のご愛顧に感謝して交通費全額負担セール

Menu（コース料理）

てくてく・とんとん・じゃばじゃば	買い物　料理　後片付け
よいしょ・こらしょ・どっこいしょ	トランスファー
ずりずり・しゃー・ぼとん	トイレ
ごしごし・あわあわ・じゃっぽーん	入浴
がばっ・ぴしっ	着替え・身支度

今月のテーマ　　　一期一会

人のカってすごいもので、できないことができるようになったり。
人のカってかわいいもので、いろんなひとをすきになったり。
人のカってやさしいもので、たくさんのおもいでをつくったり。
そんな、出会い。

Naokoレストラン

直　子『私のことをお願い致しましょ』
みんな『はいはい、お願いされましょ』

契　約　書 〜覚書きバージョン〜

規　約

生活サポート料金……トイレ、お風呂、料理、清掃など生活全般にわたるお手伝いをありがとう料金
8:30〜18:30　要相談
18:30〜 8:30　要相談

交　通　費……往復料金全額支給
◎定期を所有するものは、該当外の区間に限り支払うものとする

契約期間……無期限
辞退を希望する際は、3か月前に申告
◎既婚の方は妊娠したら申告

食事・入浴……食事はごいっしょに、シャワーはご自由にお使い下さい

規　律

時間厳守……事前に打ち合わせした日時に待ち合わせ
キャンセルは最低3日前
時間変更は電話にて連絡

生活のリズム……習慣の中でのリズムを崩すことなく、生活できるように援助

持ち物

洗面用具……歯ブラシ・洗顔フォーム・化粧品
Tシャツ・短パン……風呂場で濡れてもよい軽装
着　替　え……パジャマ・下着

心より宜しくお願い申し上げます。

Naoko

①交通機関を利用でき、駅から徒歩10分圏内

電車通勤は毎日のこと。雨の日だってある。だから、できるだけ駅に近く、その最寄り駅にエレベーターかスロープが設置されていることが、最低条件だった。また、初めて来てもらう介護の人にわかりやすいか、その人たちの交替が明るい時間とは限らないから、駅からの道のりに街灯と歩道があるかもチェックした。

②住宅改造の承諾

分譲なら、何をどうしようがこちらの自由だが、賃貸の場合はそうはいかない。改造せずに、無理なく暮らせればいいが、そういう条件はなかなかない。「この段差がなければ、車イスのまま上がれるのに」とか、「車イスが壁に激突しても大丈夫なように、このあたり一面にプレートのようなものがあったらいいな」という要望があるときには、退去する際の現状復帰を約束するという条件で、改造を許可してくれることも、欠かせない条件だ。

③トイレとバスがセパレートタイプ

トイレも、お風呂も、必ず介護の人といっしょだから、ふたりでもゆったりと身動きのとれるスペースが確保したい。また、改造が困難な場合は、福祉機器で解決しなければならない。あらゆる対応ができるように、両者の分離が必要だった。

④エレベーターのある建物か1階

居室内がいくらバリアフリーでも、マンションの入口から自分の部屋までにバリアがあっては電動車イスでのアプローチはむずかしい。アクセスできるかどうかが、最大の課題。仮に入口に段差や階段があっても、工夫次第でなんとかなる。とにかく、エレベーターのある建物か、1階にターゲットをしぼった。

⑤室内空間が平らなこと

室内も電動車イスで移動したかったから、室内空間や部屋の出入口の段差、部屋の間取りを入念にチェックした。

⑥若干のプライバシーを確保できる

ここが最大のポイントといってもいいくらい、大切にしたかった。大学時代の反省点を今度こそメリットに変えたい。だから、プライベートな時間を確保できる空間が必要条件だった。

これらの条件で探し始めたが、実際には車イスで入れる不動産屋を見つけるのも一苦労。やっと見つけたところで、今度はファイルされた物件とにらみ合いっこ。6つの条件に加えて、賃貸料の上限という厳しい現実も加えられ、300近い物件から7件を選び抜く。そこからさらに電話で、改造希望や車イス利用者であることが伝えられ、2件に。最後はこの目で確認し、決まった。そう、ハーモニーハイツに。

●よりよい暮らしのためのスケットたち

〈住宅改造〉

現状復帰を前提とし、最低限の住宅改造を行った。

①玄関にある下駄箱を撤去

室内用の電動車イスに乗り換えるためのスペースをとる。

②玄関と部屋の段差解消のための嵩上げとスロープ化

同じ高さで、室内用の電動車イスに乗り換えるため。

③玄関の壁面をソフト幅木に変える

ちょっとぶつかっても、壁が大丈夫なように。

④洗面所の床の段差を解消するためのスロープ化

電動車イスでもスムーズに移動できるように。

⑤浴室の床に簀子を敷く

電動車イスのフットレスト（足置き台）と同じ高さにして、シャワーチェアーへの移乗をスムーズに行うため。

〈福祉機器〉

①折り畳み式簡易スロープ「デクパック」

マンションの入口にある3段の階段を乗り越えるときに使用。長さ2m、重さ10

kg。4枚に折り畳める。

②入浴担架リフト「湯ったり〜な」

通常は浴槽内に使用するらしいが、洗い場に置いて使用。高さを調節できるハンドルはさまざまな使い方ができ、とても便利である。

イラスト：Naoki K.

③電動昇降ベッド

ベッドの上半分あるいは下半分を上下でき、高さも調節ができる。さらに、角度が調節できる手すりをベッドの枠に付けている。

④ポータブルトイレ

家具調のものをベッドの脇に置く。

折り畳み式簡易スロープ
「デクパック」
使うときだけの設置

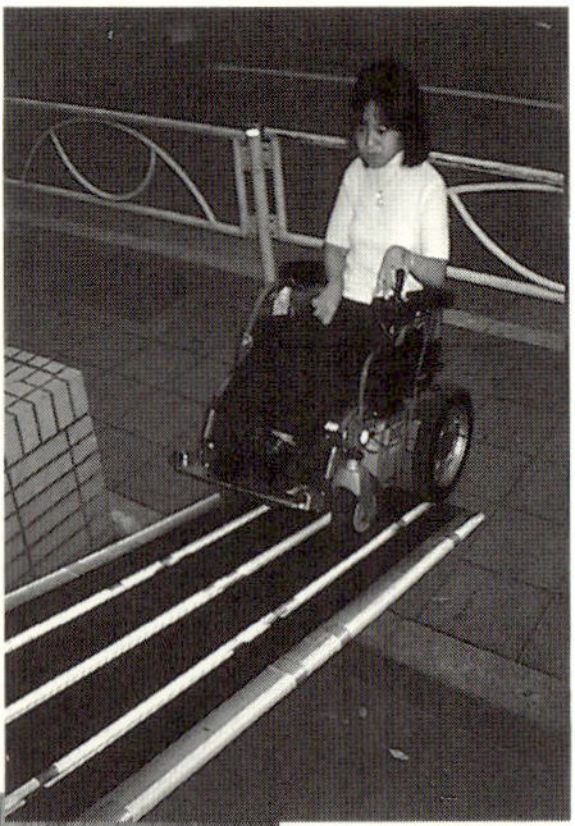

大きな住宅改造はここだけ
室内用の電動車イスに乗り換えるため、
スペースを広く確保

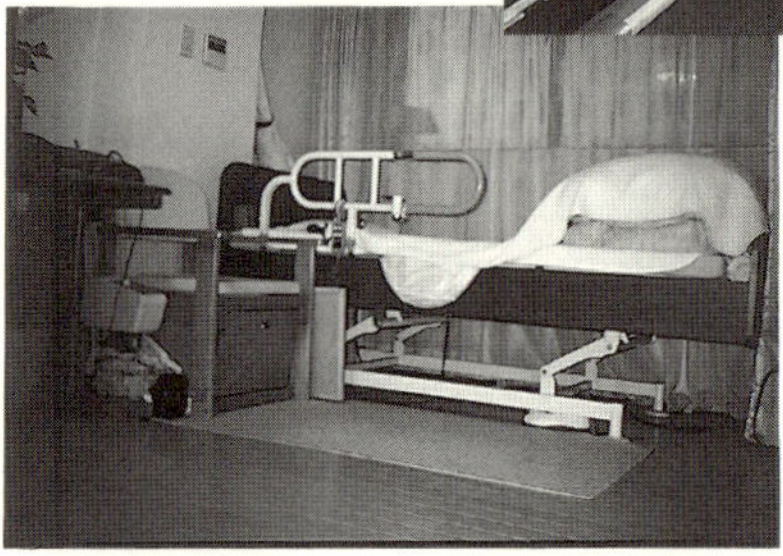

電動昇降ベッド
ベッドを高くして、
手すりをまっすぐ
にすれば、トイレ
のとき、より安心

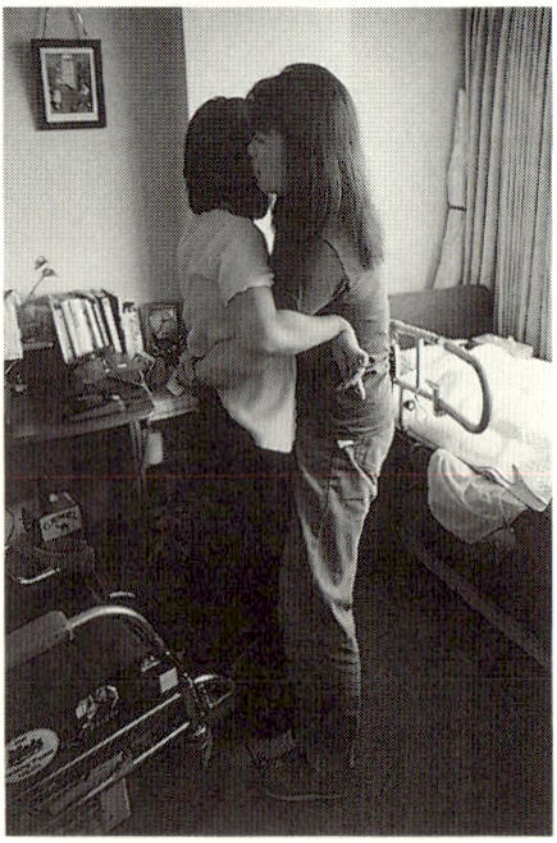

こんなふうに

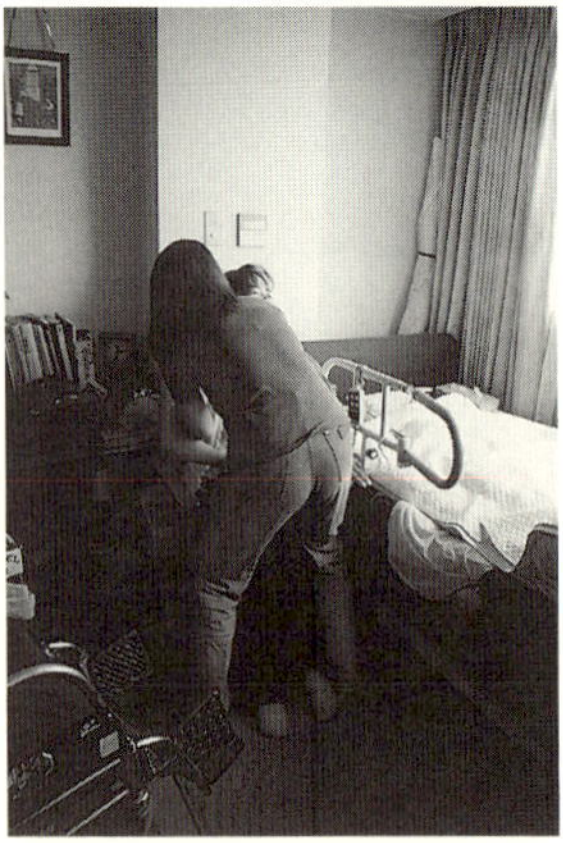

ほらね

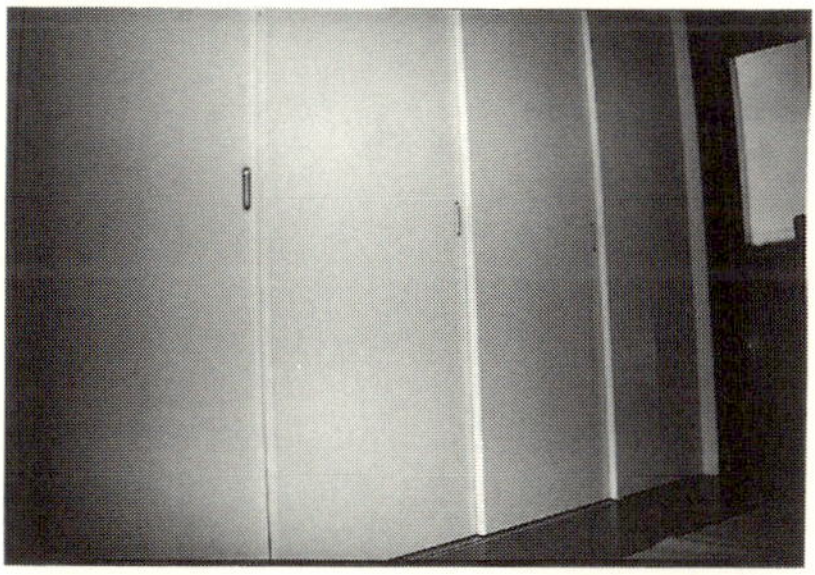

プライベート時間のスケットくん
この扉とテレビのボリュームがあれば、ふふふ

簀子で段差解消
浴室内の段差は簀子でカバー

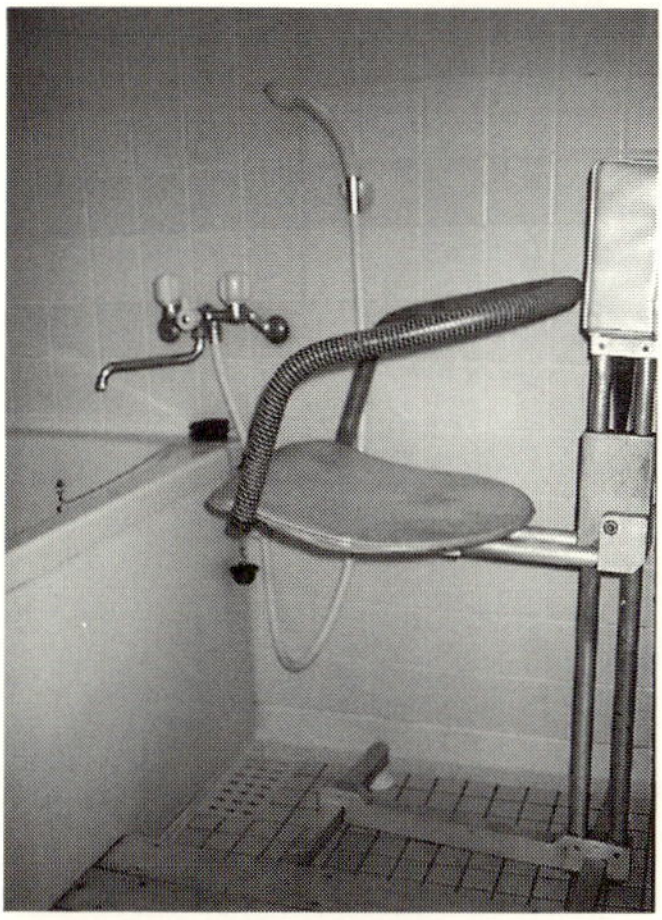

浴槽に入るときは浴槽より＋５センチ、出るときは－５センチに座面をセット

入浴担架リフト「湯ったり～な」
ハンドル操作で座面が上下

2　仕事への想い

●足がタイヤになっただけなのに

96年4月1日、ハーモニーハイツから元気に出社。ところが、諸事情により勤務は1年も続かず、ふり出しに戻ってしまう。

でも、自分の力で生活したい。職種は、やっぱり建築ｏｒ福祉エリアかな。そういったことしか考えられず、仕事を取り巻くオフィス内外のバリア環境まで、意識を広げられていなかった。大学4年の就職のときと同じように、仕事が決まるまでには予想どおり難航する。

勤務地：新宿
時　間：フレックスタイム
職　種：簡単な事務作業（誰でもできます）
週　休：3日

たとえばこう記載されていると、「いいんじゃない！」と軽い気持ちで、車イスであることを伏せて電話してみる。

「求人広告を見て、電話させていただいたのですが……」

すると、「面接に来られますか？」と、なかなか痛いところをついてくる。ここはちょっと冷静になって、「すみません、車イスなのですが、出入口に段差はございますか？」と尋ね返すと、態度は急変。

「そういうことは、先に言ってもらわないと困るんだよね。こっちだって忙しいんだからさ」

一方的な意志が伝えられ、気がつくと受話器からはプープーと規則的に軽い音が聞こえいることがよくあった。

ふざけるな！　足がタイヤになっただけなのに、何がダメだって言うんだ。見てないからわかんないと思うけれど、しゃべらなければ、顔だってけっこう可愛いんだぞ。字だってそこそこ書けちゃうんだから。会ってみようともしない、そんなちっちゃな心の会社なんかに行ってやるもんか。

と意気込み、前向きに逆境を乗り越えようとしても、ちょっと辛い。

泣けない。悔し泣きしたくても、いつも誰かのいる生活では弱みも見せられない。みんなの前ではちゃんとしていたいから、理性で自分をコントロールせざるを得ない。

本当は叫びたいのに。だけど、誰に何をぶつければいいのか、それさえもわからない。

今にもあふれそうな怒りを堪えながらの苦笑顔《にがえがお》は、たぶんブス。いろんな気持ちの顔は複雑なスパイスがごちゃ混ぜだ。

◉「車イスの方歓迎」の文字は、あるけれど……

これさえあれば、こっちのもの。もっと簡単に就職できると思っていた。あえて「車イスの方歓迎」と優遇文字があるのだから、就労の道は開かれているにちがいないと、世の中を甘く見すぎていた。

履歴書に熱意を表した作文を添付すれば、1次の書類選考は通過することもある。ただし、2次の面接で、どの企業にも言われ続けたコメントは共通。

「最低限の条件をクリアしていただければ、問題ないのですが」

一瞬、前向きだが、よく聞くと、その条件は笑っちゃうくらい大変なハードルだった。

「車は運転できますか？　ひとりで通勤できますか？」

「制服があるのですが、着替えられますか？　コピー取りや、お茶入れはできますか？」

職能というよりは、言葉による身体テストみたいなもの。要するに雇用サイドは、単独通勤並びに職場内におけるＡＤＬ（日常生活動作）の自立が可能かを確かめたいのだ。

その答えは当然ＮＯ！の、お手上げ状態だが、同時に単なる「車イスの方」じゃないじゃない！って言いたい。いかにも理解しているように掲載してるけど、自力通勤ができて、トイレも着替えもひとりでできる身体状況にある車イスの人は、「歓迎」って書かれていない企業でも就労できるのだから、書き方を検討したほうがいいよ！って言いたい。

いつだって、どこでだって、そうだった。一般社会への参加は、限られた人しか通れない狭き道になっている。たとえ車イスに乗っていても、トイレ、移動、着替えなどがひとりでできる人で、身辺自立ができることが条件なのだ。

日本に数カ所しかない身体障害者のための寄宿制自動車教習所にも問い合わせてみた。「運転能力よりも、日常生活に介護を要しない生活能力があるかどうかが大前提だ」と言う。大学合格後の自宅待機中に、再度リハビリセンターでの自立訓練を希望したときだって、「入園できる身体能力をもち得ていない」と可能性をふさがれてしまった。そして、また就労まで、身体的ボーダーラインが水面下だなんて！　ある程度の自立レベルに達していない、誰かの手を借りなければならない人たちは、家にじっとしてなさい！っていうことなのか。

そう、怒っているのだ。もう、じっとしてなんかいられない。でも、ただブーブー文句を言ったって状況は変わらないから、視点を変えてみることにした。いろんな仕事をしてみよう。世の中がそうなら、こっちにだって考えがある。

Messenger（障害があるがゆえの体験を伝える）

こうした事実をきちんと伝えることから始めたい。一瞬の激しい感情に左右されているのでも、突発的な発想でもない。時間の経過とともに、冷静になって分析してみると、絶対変だ！　やっぱりおかしい！と思うことを伝え、現状を変えていこうと決心した。

やっと新しい仕事のスタイルが見えてきた。今までの教育や就労拒絶に関するエピソード、まちで遭遇してきた「障害を有するがゆえのおかしな体験」「毎日不便に感じているからこそわかること」などを、実体験として伝える仕事を見つけられたのである。

福祉系の大学を中心に、福祉センターや建築系の専門学校、そして行政機関で、〝気持ちの条件〟が合ったときに講演する。ある程度の選択をすると、仕事の幅を狭くするかもしれないが、こだわりをもち続けているのは、いいテンションで仕事したいからに他ならない。もしかしたら努力と我慢が足りないのかもしれないけれど、今日まで生きてきたこと、そして明日からも生きていくための自分に対する姿勢があって、そこのところが先方のニーズと合っていないときは、無理に引き受けない。このポリシーは、これからも守り通していく。

たとえば誰かの紹介で、「障害者の自立」についての講演依頼があったとする。単に小島直子の自立生活実録であれば問題ないのだが、話を聞いているうちに、障害をもつ人たちに対する自立の啓発が目的の講演らしいとわかってくる。

「あなたは立派に自立した生活をしているのだから、その極意を伝授してください」

そんなときは、経験から思うことを伝える。

「同じやり方をしたって、自立できる保証はありません。なぜなら、テクニックだけではなく、家族の背景や育ってきたなかでの心の状態も、大きく左右するから。マニュアルがあれば必ずできる、といった単純なことではないし、自立とは誰かに言われて始めようと思うのではなく、自立は……」

「でも、あなたはそれをこなしていますよね」

結局、根気よく言葉の交換を続けても、互いに歩み寄れず、白紙になってしまうケースもある。

これまで受けてきた講演は、行政や教育機関が多い。まちづくりに携わる人や、市や区の新人職員さんたちには、まちにあふれるバリアの実態と改善ポイントをテーマに、福祉や建築を専攻する、汚染されていないという意味で〝まだ間に合う学生さん〟には、自立に至るまでの心の変化からバリアフリーまで、生活くささを大切にして、身近に感じてもらえる内容で話している。

◎ちょっとした疑問を大切に

そんな講演活動を始めて、もう3年になる。平均約3時間、好きな内容をハイテンションでしゃべり続けることに無理はない。題材は尽きず、生きていくことを重ねるだけで蓄積されていくから、新鮮で楽しい。

リスナーによると、辛口トークなうえに、かなり淡々と話し、余裕あるように見えるらしいが、本人の心臓といったらけっこうバクバクで、前日は眠れないことだってあるくらい緊張し、凍りついている。当日は〝ちゃんとしなきゃ〟と意気込んで会場に臨んでも、黒板に「小島直子先生」と書かれているのを見ると、またまた舞い上がってしまう。

「すみませんが、『先生』から『さん』に直してもらえませんか？」

あわててお願いしたりして、案外、肝っ玉は小さいのかもしれない。

それから、講演料を受け取るたびに、いつも思ってしまう疑問がある。

「たった数時間で、そして毎日感じていることを話しているだけなのに、どうして仕事になるんだろう。お金に変わっていくんだろう」

社会の何かがおかしいから、事実をぶつけてくれということなのか？　すっきりとした言葉にできるほどまだ考え抜いてはいないが、こういう思いは忘れずにもち続けていたい。

●リスナーたちの熱いメッセージ

講演後は、リスナーたちから感想文のお土産をもらうことにしている。白い紙から鉛の匂いがしてきそうなほど、びっしりと書かれている熱い言葉たちから、生き抜いてきた実態を伝える意味の深さを感じる。今後、彼らひとりひとりが、いいウィルスとなって、まちや社会に飛び出していくことを期待しつつ、送ってくれたメッセージをいくつか紹介し

たい。この講演のタイトルは「私を生きる」。自分史をとおして、自立を語った。

A：自分の意見が言えて「自分」というものがしっかりと持てて生活ができるということが、「自立」する第一の条件だと思いました。自分のできることとできないことを見極めるのは、人間として生きていくうえで大切なことで、社会の中での人間として忘れてはいけないことだと思いました。

B：失礼な言い方かもしれないけど、一度介護してみたいです。どんなもんなんだろう。一回もしたことないから。自分がもし介護する立場になったら、してほしいことはきちんと伝えてほしいと思います。私はとくに気がきかないし、さっぱりなにもわかってないので。未来の介護者からの希望です。

C：僕は、個性的で気の強い性格のあなたが、バークレーから帰ってきてくれたことを感謝致します。日本において障害者も老人も何の気がねなく生活することは、当然であると考えます。それ自体、何のすばらしいことではないと思います。当然のことが当然としてできていない福祉途上国の日本を、どうか助けてやって下さい。

D：障害者が快適に暮らせる環境、つまりここでいうバリアフリーな環境のまちづくりは、物理的に考えて（たとえばコスト面とか）私は不可能ではないかと考えていましたが、バークレーの例を見たり聞いたりすると、日本でも障害者がその不利を感じることなく生活できるまちづくりは、ハード面では実現できるのではないかと思いました。そうした環境づくりを妨げているのは、もしかすると行政の取組みの怠慢さや、住民の意識の低さにあるように思える。

E：「バリアフリー」のバリアを意味するものは、実は環境のみではないんですね。もちろん環境を整えることは大前提であって、でも同時にそうするためには、人々の理解が必要なのです。日本においては、女性であること、障害を持つこと、年をとることなどのように金銭的な再生産を期待されてない（誰から？　政府から？　資本主義的能率主義社会から？）、いわゆる社会的弱者への根強い「バリア」をとくこと、フリーにすることこそが重要なことですね。それさえあれば……だからこそ、特に障害を持つ、本来少しの援助さえあれば外出できる人たちに、より社会のなかで活動していってほしいです。

どんなことだっていい。何かしら、伝わってくれれば、もうそれで十分。こちらの予想以上に彼らは、社会的見地から、自分のすべきことを必死に模索しているように感じた。みんなで、どこにでも暮らせる、誰でも使えるまちづくりをめざして、戦っちゃおうぜ！　そして、互いにプラスのエネルギーを交換しながら、日本にいい風を吹かせてみようよ。いっしょに。

●バリアフリーまちづくりハウスで市民と行政の橋渡し

地域でまちづくり支援活動の事務局長をしている顔もある。この団体「バリアフリーまちづくりハウス」は、公益信託世田谷まちづくりファンドの助成を受けながら活動してきた（2000年は、ファンドを卒業しなければならない）。まちに存在するさまざまな形のバリアをなくしていくこと、バリアがあってもそれを感じさせない、誰もが自由に暮らせる地域社会を築こうと、97年に立ち上がったのだ。福祉、医療、建築など幅広いスタッフ（当事者である障害者も含む）で運営され、まちづくりに反映されるように、日々アクションを起こし続けている。活動内容は……。

①まちづくりなんでも110番

まちづくりに関するものなら何でもOK！　たとえば、電動車イスで乗れる東急世田谷線リフト付きの発車時刻を教えて！というような、各種サービスに関する問合せ。

②24時間FAX目安箱

「感じたときが言いたいとき」。誰かに言いたい、伝えたい情報や思いを送って！　たとえば、盲導犬をつれていたら入店を拒否された!!　信じられな〜い。

③調査・研究

公園や車イス用トイレの実態調査、報告書の作成。ハウス探検隊（障害者住宅の点検調査）。

車いすのひろげ方

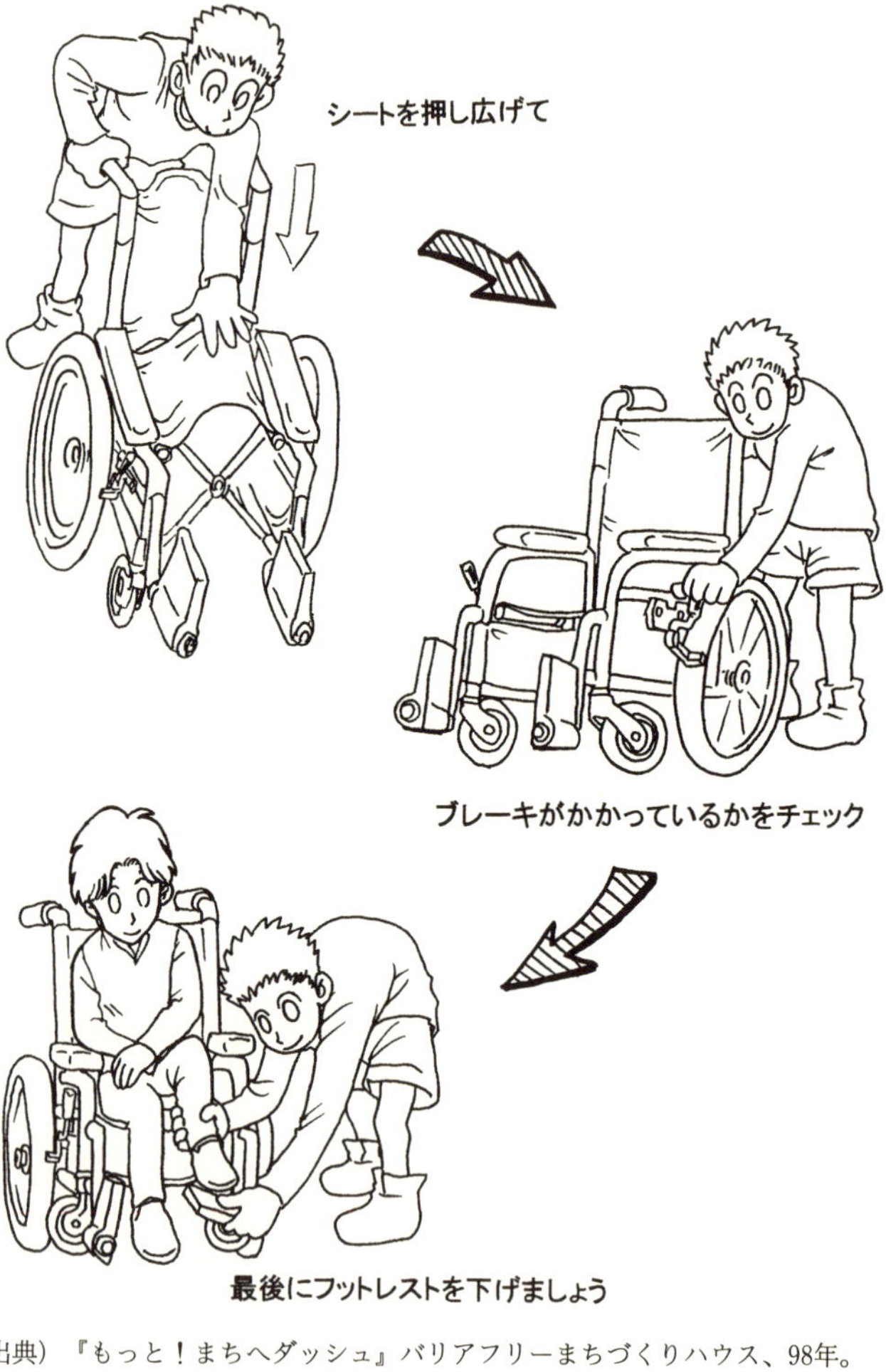
シートを押し広げて
ブレーキがかかっているかをチェック
最後にフットレストを下げましょう

（出典）『もっと！まちへダッシュ』バリアフリーまちづくりハウス、98年。

手強い相手 その2

④普及・啓蒙

講演活動、障害をもつ人たちとまちを歩くためのマンガ『もっとまちへダッシュ』の作成。

障害とともにまちを歩くことで、限られた環境のなかで、また日々感じるバリアを吸い上げ、それを〝まちづくりびと〟として、市民と行政の橋渡しもしていく。この活動は、これからもとことん続けていく。まちの至るところで、でん!としているバリアを少しでも取り除けるよう、さまざまな角度からイベントの計画→実行→検討を、繰り返し重ねていきたい。

●Writer

思いを活字に変える仕事もある。日常生活には、多くの体験が貴重な題材として含まれているけれど、流れていく暮らしのなかでは拾っている時間がない。いつでも考えられるという甘えも手伝って、障害があるゆえのことって、なかなか検討しようとしない場合が多い。仕事としてテーマが与えられて初めて、それだけを見つめるが、新鮮すぎて、よく頭を悩まされている。

原稿依頼は、突然やってくる。たとえば……。

「こちらは××研究所と申しますが、8月号で介護の特集を企画しておりまして、24時間他人介護を入れて生活していらっしゃる視点から〝検証：住まいにおける福祉機器と自立〟について、思うところを原稿用紙8枚でお願いできませんか」

自分が歩んできた経験を信じて、一瞬大変そうなテーマほど引き受けることにしている。自己への限りなき挑戦。日ごろごく当たり前に使っているシャワーチェアーや電動昇降ベッドに改善されるべき点はあるのか？　もしあるとしたら、どこにポイントをおくべきか？　ちょっと視点を変えて、これら機器のリサイクルは？　などと、いろんな角度から考えてみる。

締切日までこのテーマのみを考え続け、悩み抜き、原稿に仕上げていく。こうした機会が与えられないと考えないテーマを、苦しみながらも楽しんでいる。

このほか、まちづくりに関するバリアフリーコンサルタントや福祉住環境コーディネーターの講師もしている。

●しなくちゃいけないことと、したいこと

生き続ける、とことん戦い続ける。これは死ぬまで、ずっとしなくちゃいけないこと、したいこと。朝さわやかに目ざめてから、夜ベッドに倒れ込むように眠るまでの一日を、元気に生活していくことこそ、最大の仕事だと思っている。

普通に地域で生き続けていくことが、一番大変かもしれないけれど、かけがえのない毎日を自分の歩調で歩いていけるのは、本当に幸せ。力強い一日。

車イスは足としての機能なだけ。誰もと同じように、

まちを歩き（歩道が違法駐輪で歩行不可そうだったら、車道を歩くことを選択）

買物をして（ひとりだったら、ほしいものを伝えて、財布からお金を出してもらい、買ったものを袋に詰めてもらう）

電車にも乗るし（朝のラッシュ時の満員電車にだって乗る）

雨だって出かける（上半身：傘、下半身：カッパ）。

きっと、歩くスタイルが違うだけのこと。見てもらい、言葉を交わし、手助けしてもらうことで、感じてほしい。これも生きていくうえでの、大事な仕事。

将来、何をしているかは、未知の世界。でも、死ぬまでずっと、介護を受け続けなければ生活できない身である立場だからこそ、できることに携わっていたい。もっと、自由になりたいから。生きることは一瞬たりとも止まらない。

だから、暮らしと深くかかわりのある福祉、医療、建築の専門家の立場による言語を通訳して結び合わせ、なおかつ当事者の声を聞き出せる耳をもち得る人になりたい。自分のことにとどまらず、同じような悩みをもつ人たちにも、暮らしを提案していきたい。

3　建築デザインの勉強

2度目の大学生

毎日が日替わりメニューのような仕事をしているが、実は大学生でもある。京都造形芸術大学通信教育部芸術学部デザイン科建築デザインコースに在学し、自宅で勉強している。建築系の学部への進学は以前からの夢だったが、この大学に進学した理由は3つある。

まず、今の生活スタイル・サイクルを維持できること。

やっと軌道に乗ってきた今の生活を、捨てられない。新しく違う土地で家を探し、人を集めと、現状を白紙に戻す勇気とパワーを生み出すだけのエネルギーは、まだ蓄積されていなかった。もしこの大学が通信制でなければ、たとえ近くにあったとしても、進学は考えてしまっていたにちがいない。仕事もしながら、今の生活リズムも守れる安心感のなかで勉学できる環境に、魅力を感じた。好きな時間に、一番興味のある学問を学べるうれしさに浸りながら、追われる課題にコンピュータや本とにらめっこしている。

次に、一級建築士の受験資格を取得できること。

通信教育でありながら、卒業と同時に一級建築士の受験資格が与えられる環境は、何よりの魅力だった。そして、工学部建築学科ではなく、芸術大学建築デザインコースであるところも、空間構成や住まいの提案を考えるうえで自己の可能性の幅を広げられそうだ。

そして、学費が安いこと。

小島家の教育方針は、「現代社会での義務教育は高等学校まで。それ以上の学問を学びたければ、経済的に自立しなさい」というもの。両親も進学したかったそうだが、甘い時代ではなかった。本気で進学したいのなら、やれるはずというのが、彼らの考え方。兄弟3人それぞれが経済的に自立したうえで、進学している。

高校時代から、障害者年金とお年玉を貯金して、大学進学資金にした。奨学金にも応募して、生活費にしていた。妹は看護婦の資格を取得してから貯金し、奨学金も取って大学

に進学。現在は正看護婦をめざして勉強しながら、病院で働いている。弟は、もうひとまわりスケールが大きい。高校卒業後、引っ越し屋さんや真夜中の土木作業と、給料のいい仕事を転々としながら費用を貯めつつ、勉強。そしてアメリカに留学し、お金がなくなると帰国してはバイトしてまた戻る、ハードな生活を続けてきた。

そんな環境に育ったから、学費を親に甘えるわけにはいかない。

めざせ！一級建築士

建築家だけに、なりたいというわけではない。今後どんなものを面白いと感じて、それを仕事につなげていくのかはわからない。だけど、住まいや生活とかかわる仕事には携わっていたい。どんな素材を取り込み、創作し、加工していくかは未来の楽しみに課題としてとっておくとしても、そこに建築的要素は必要不可欠である。そのときのための準備をしているのだ。大きな目標があるから進んでいけるし、課題にだって、立ち向かっていける。

具体的な勉強内容は、大学のオリジナルテキストを熟読したうえでのレポート提出と、年6回（1回3日×6＝18日）のスクーリング。本校が京都なので、できるだけ東京で開かれるスクーリングに参加している。たとえば、「渋谷に巨大な美術館を造ろう」というテーマでは、グループでまずフィールドワークし、設計→模型→プレゼンテーションと進む。

通信教育だから、課題ごとに、その科目だけのクラスがつくられていく。年齢や日頃している仕事もさまざまで面白い。順調にいけば、卒業まであと2年。課題が山積みだけど、ガンバロっと。

卒業後、2年間の実務経験を経て、晴れて一級建築士を受験できる。仮に大学院に進学したら、その2年を実務としてカウントされるらしい。秘かに外国の大学院への留学を検討している。実行に移すまであと3年もの準備期間があるから、今できることを考え、駅前留学の英会話塾に通い始めた。

4 恋愛

●好きになっちゃいけない!?

小学校6年生のある日、突然、母に言われた。

「直子、あんまり人のことを好きになっちゃいけないよ」

ショックだった。ここでいう人とは、明らかに広い意味での人間ではなく、男性を指している。ちょっとうつむき加減になりながら、勇気を出してまで伝えたかったことは、いったい何だったんだろう。ずっと気になって、頭から離れなかった。

にもかかわらず、初めて誰かにドキドキ感を感じたのは、中学2年生の同じクラスのK

くん。勉強はあまり得意じゃなかったみたいだったけれど、スポーツ万能で、光り輝いて見えた。素敵！

いつもはシャープなのに、笑うときは大胆に顔をくしゃくしゃにしながら照れ笑いする。そのときにチラッとのぞく白い歯が実に健康的で、さわやかそのもので、心の奥深くがキュンとした。プリントを取りに行くときに彼が机の脇を通ると、顔をじっと見られる絶好のチャンスなのに、いつもそれを無駄にしたくらい、緊張。

なんとか気持ちを伝えたい。バレンタインのチョコ気流に乗せちゃえ！と、2月14日を待ち、エネルギーを蓄えて意気込んでも、母の言葉が気になる。〝好き＝ダメなんだっけ〟と根強い方程式に、板挟みされる毎日だった。でも、彼への思いは止まらずに、愛しい。動けない。恋愛は障害があるほど燃えるというけど、どうやら本当らしいことを中学生で実感した。

心の状態を知るはずもない友達は、そんなぐじゅぐじゅした態度を見かねて、小さなプレゼントをしてくれた。修学旅行で京都へ向かう新幹線の中でのうれしい出来事。Kくんが毎日かぶっている学生帽を、寝ているすきに持ってきてしまったのだ。これは事件だよ。泥棒だよ。「早く返さないとヤバいよ、ばれちゃうよ」

あわてて戻させようと抵抗しているにもかかわらず、友達はその一時拝借してきてしまった帽子を「もう、早く。せっかくだから」と、無理にかぶせて、Kくん帽子制覇記念写真を撮った。

目を盗んで、こっそりパチリ

　ふんわりとしたKくんの香りは、おばあちゃんのぬか床の匂いに似ていて、今でも忘れることのないその匂いは、恋愛にGO！サインを出してくれた。後日できてきた写真は、生徒手帳の中にしっかりとパウチッコされ、息苦しそうに貼りついていたが、立派にお守りとしての機能を果たした。補助バッグにいつでも持っているだけで、強くなれたし、どんなことにだって挑戦できる力を与えてくれたのだ。

好きになっちゃったもん

　ひとりの人を見つめ続けていると、だんだん独占欲が芽生えてくる。いいところばっかりがクローズアップされて光り輝いてきてしまうと、もう止まってなんかいられない。学年一美人な女の子と廊下で立ち話している姿が、教室の窓越しにシルエットで映っていたりしているのを見

ると、失神を起こしてしまいそうになる。内心、穏やかではいられない。好きのドキドキとは明らかに違う、キュッとした熱い刺激が胸を刺す感じがした。これってジェラシーなのかもしれないと、初めて実感。

もう、母の言葉なんて気にするもんか。好きになっちゃったもん勝ちだ！と開き直ってしまうことにした。遠くから見ているだけでも、同じ空気を吸っているだけでも幸せだったあのころとは、もう違う。憧れが現実へと生まれ変わる瞬間。これまでのように、一方的に誰かを見ているだけじゃなくて、いっしょにいることを感じたい。ふたりだけでデートもしてみたいし、一分でも長く隣にいたい。その人のことばかり考えるようになってからは、あの母の言葉のもつ意味が少しわかるようになってきた。

誰にも知られずにふたりだけの時間を共有したい。〝そうだ、デートしよう〟と心の中だけでの秘密プロブラム。

よし。場所はやっぱりディズニーランドだ。パスポートケースは、絶対にミッキーとミニーにしてと。ホーンテッドマンションでは、〝きゃー〟とか言って、何げに腕組んじゃおうかな。直子ったらちょっとエッチ。それから、お昼はビッグサンダーマウンテンの脇にあるチキン屋さんでワイルドさをアピールして、決まりだ!!

なんて、考えているだけで、ワクワクしてくる。

ちょっと待って。いろいろ大変かもしれない。

遊園地へは電車で行くの？
階段はどうするの？
おしっこがしたくなったら、どうしよう。

◎お母ちゃんの言葉はエネルギー

この瞬間、天国から地獄への一直線をたどるしかない。現実問題として歩けてはいないけど、元気に歩いている人と何ひとつ変わらない気持ちで生きてきたから、夢に夢を見すぎて、足元が見えていなかった。いや、見えかかっていたからこそ、恐くて見つめようとしていなかったのかもしれない。これだったのね。母が言いたかったことは。こういうことだったんだと認めざるを得なかった。

きっと傷ついてほしくなかったのだろう。親は人生の先輩だから、先回りして挫折を最小限に止めようと準備したのだろう。将来、恋愛してから沸き起こってくるひとつひとつの出来事は苦難にちがいないと考え、それを回避させるために、結論だけを伝えたのだろう。そうにちがいない。親の愛だね。

でも、今では、いいキーワードをくれたと母に感謝している。「どうしてそんなことを言うのだろう」という疑問を常にもち続けられていてよかった。成長とともに育っていく、立ちはだかってくるアクシデントに対して、〝逃げたい〟という気持ちにさせるよりも、〝戦ってやるぜ〟とプラスのエネルギーに転化させるきっかけをつくってくれたから。
遊園地デート、ちゃりんこ二人乗りに、テニス。みんなと同じスタイルでは無理なことがたくさんある。〝でも、いいんだ〟と思えるようになりつつあった。

●好きな人へのプレゼント

手の届かないヒーロー的存在の人を好きになる傾向が強かった。その憧れの人に少しでも近づこうとし、それが達成できたら、今度は並んでみたいと設定レベルを上げていく。誰かを好きになることで、より高い自分をめざしていく。

好きな人がいる→生活に張りが出てくる
←不可能そうでもチャレンジしたいと頑張れる
←夢がもてる
←そんな自分も好き

生きることが楽しくなってきた。歩けなくたって、人を好きになる心の部分には異常はないようだ。何をするのもその人のためって考えれば、勉強だって、家でのリハビリだっ

て頑張れた。

恋愛はどんどんと不思議なパワーを生み出してくれる。そのパワーは、ときには信じられない威力で立ち向かってくる。誕生日。大好きな人が同じ時代に、この世に生を受けた記念の日。特別なものをプレゼントしたいという真っすぐな気持ちが、丸井に走らせる。だけど、煌《きら》びやかに飾られたウインドーに並ぶ商品を見ても、ピンとくるものがない。やっぱり、お金で買えないものにしなくちゃね。それに、既製のものはライバルの女の子とブッキングしちゃう可能性もある。だめだめ。

もっと、〝うっそー、これ作ってくれたの。僕のためだけに〟って言ってもらえるようなすごいものにしようとひらめいたのは、ウール100％の手編みのセーターだ。初チャレンジでできるかなんて、やってみなくちゃわからない。恐いもの知らずな性格とはよく言ったもので、いきなり総模様だと張り切って、毛糸屋さんへと向かった。どれだっていっしょなのに、わざわざジェームズ・ディーンのラベルの付いた毛糸玉25個を手にして、もうルンルン気分。家に帰ってから、経験のない編み物をどうオペしていこうかと考えるのも、また幸せ。

一段編み上げるのに、約1時間かかっても、誰かに手伝ってもらうことだけは絶対に嫌だった。好きな人を想っては、薄笑みを浮かべながらゆっくりゆっくり仕上げていく。結局、冬に編み出したのに、袖2つに前身ごろ、後身ごろを合体させ、セーターになって手

渡せる状態になるまで、さらに2回の冬をいっしょに越して（ずっといっしょだったから、ちょっと呪いがかかっているかも、なんてね）。ある寒い日に、やっとの思いでプレゼントできたのに……。

結果なんて関係ない。そう、どんなことだってできるってわかっただけでも十分。

セーターに懲りることもなく、料理にも挑戦。自分の作ったものを食べてもらいたくて、料理番組を見てはレシピを書き写し、特別料理ノートを作成した。

材料の買い出しに食材選び、野菜を切って、調理、味付けに至るまで、手を借りたくない。ひとりで作りたい。そこで、またいろいろ考える。料理を始める前に何を準備したら作りやすいか。包丁は、できるだけ軽いけれどもよく切れるものにしよう。コンロは恐いから、電磁調理器をお年玉貯金で買ってきて。皿は、やっぱりコレールしかないでしょ、と着々と用意していく。ここまできたらもう、まずくたっていい。あとは勢いと気持ち。愛情スパイスをひとつまみ加えれば、ばっちりＯＫ！　気持ちさえあれば作れてしまうものだ。

●ふたり

別れても、ずっと大切に思える人が現れた。一生忘れられない恋愛は、ある日突然やってくる。あんな言葉に惑わされていたなんて！　悩んでいたことがばかばかしいと思わせてくれる人が22歳のとき目の前に。

ちょっと前から知り合っていたのに、ちっとも気づけなかったあいつ。さり気なくて、そのままますぎるぐらいの自由人。まるでカメハメハ大王じゃないの、といった暮らしぶりで、風が吹いたら遅刻して、雨が降ったら平気で休んでしまう。最初は〝なんなの、ねぇ、自分のしていることわかってる?〟って思っていたのに、いつしか彼のそんな自由気ままな生き方がうらやましいと思えた。いつも時間に追われ、人の顔色ばかり気にしていた大学時代だったから、あんなふうに生きていけたら幸せだろうなと、憧れが尊敬に、尊敬が恋愛にと変化していく。

本当に好き。心から思っている。でも、いつもいつも不安だった。

みんなみたいに、手をつないで歩きたいかな?

ふたりでスポーツもできないな。

ふたりだけでいられる時間も限られてしまって、ごめんね。

これを言葉にしてしまったら、ふたりして動けなくなってしまいそうで、壊れてしまいそうで、恐かった。いっしょにいられることはうれしかったけど、苦しかった。もし車イスに乗っている彼女じゃなければ、彼はもっと幸せにいられるのかもしれないと、いつも思っていた。だから、ついつい口癖になっていたのは、この言葉。

「ありがとうね、いっしょにいてくれて」

声にするたびに自分を責め、心を痛めていた。でも、少し救われる気もした。変な気分だ。多いときは一日に何度も言ってしまう。いつもは「いいよ」と恥ずかしそうに、たった一言だったのに、その日は違っていた。

ちょっと恐い顔をして、

「いつもいつも、うるさいよ。

オレがいっしょにいたいから、隣にいる。それでいいじゃないか。

オレをそう思わせてるっていうこと。もっと考えろよ。

そして、そんな自分に、自信をもて！ もっと自分を大切にしなよ」

涙があふれた。ふたりで泣いた。もう、このままでいい。この世に生まれてきて、今日まで元気に生きてきてよかったと、思えた瞬間だった。

●デートの準備

この日から、彼をとっても近くに感じられるようになった。安心して想えるようにもなった。もっと、いっしょにいたい。ずっとふたりがいい。青い空の下で「小島直子は、××くんが大好きだぁ～！」って大声で叫びたいくらい、好きだった。世界中のみんなに、この〝しあわせ・よろこび〟を伝えなきゃって、真剣に実行に移そうかと悩んでいたくらい狂っていた。

こんなにも両思い。だから、お互い忙しい環境にありながらも、いっしょにいられる時間をできるかぎりつくっては、ふたりで過ごした。予定はいつだって彼とのことが最優先。友達とのショッピングや映画には、もう楽しみを見い出せないくらいに、彼だけ。

楽しいデートをするためには、準備しなければならないことがいっぱいある。なかでも〝おしっこ・うんち問題解決プログラム〟は、最大の課題。

いつものように、電話や別れ際に次のデートの約束をしたら、予定日の2日前から、徐々に水分調節しなければならない。さらに、前日の昼からは一切、飲み物を口にはしなかった。会いたい気持ちと忍耐力は比例していたから、へっちゃら。好きだから、我慢ができた。ずっと続けてきた経験から言えば、人間の身体は正直なもので、飲まなければ、食べなければ、下からは出にくい仕組みになっているようだ。デート中にトイレに行かなくても大丈夫なように、万全な状態につくり上げていた。

一方うんちは、前日の深夜、2時間便座耐久レース。どうしても出てくれないときは、大嫌いな牛乳をちょっとと、バナナを口にさえすれば、もう恐いものはないくらいの効き目があった。

デートのときは、というか外出するときは、必ずおむつをしている。飲んでいないからほとんど出ないけど、もしおしっこがしたくなって、おむつにしちゃっても、一日は全然大丈夫なくらい、現代おむつの吸収力は素晴らしい。だから、いつも安心していた。

のどが渇いたら、お昼ご飯を食べるときに、少し口に水を含む程度。ある日、彼も水分を取っていないことに気がついて「気にしないで、飲んで」と言うと、「オレもいっしょに我慢するよ」。デートを重ねても、本当に飲もうとしない。

気持ちはうれしい。でも、一番大切な人が無理している姿を見ているのは、もっと辛い。自然でいてほしかったから、なんとかしなきゃって、いつもそのときを狙っていた。

◎青い空の下で

夏。いつものデート。映画を観終わったばかりで、互いの感想をぶつけ合いながら歩いていた。「あれ、飲みたい」と駅構内にある生ジュース屋さんを指差して、あっちあっちと思いっ切りせかした。氷いっぱい入りのメロンジュースを頼んで、仲良く飲んだ。

これがきっかけになってくれればいい。我慢しなくてもいいはずの人が、無理している姿を見ることが辛かった。状況改善のための賭け。吸収力ピカイチの最高級おむつを使っているし、昨日うんちも出たから、安心していた。お腹は空っぽにちがいなかったから、絶対に大丈夫だという自信もある。ここまでは完璧だった。

ところが数分後、大事件は発生してしまう。そう、大どんでん返しのゲリの襲来&大量放尿が爆発寸前のダブルパンチは、突如としてやってきた。平気な顔をしながら、頭の中で勢いよく悩みまくる。たったひとりの心バトル。

「思い切って、彼に頼んでみようかな？」

「ダメダメ。それだけはどうしても言えない。だって、ゲリは自分でも鼻栓したくなるくらい強烈な臭いじゃない。それに、おむつをしている姿を見られたくないしね。こんなことがきっかけで嫌われたくない！」

いろんな思いが脳味噌をぐちゃぐちゃにしたが、結局、言い出す勇気はもてなかった。とはいえ、ゆっくりと考えている時間はない。状況は、タイムリミットになってきた。当時は、出かけるときは電動車イスに乗っていないから、自由に動くこともできない。追い込まれた状況にあるからこそ、生まれた名案。

「ちょっとお腹が痛いから、女子トイレの前まで連れて行ってくれるかな？　理由は聞かないで。それで、ここで待っててね」

何のあてもない。誰かに手伝ってもらえる確約もない。手を貸してくれそうな人がトイレにやってくるまで、じっと待つ作戦に出た。と、そこに遠くから高校生2人組が歩いてくる。荷物は少なめ、靴はローファー、おまけに動きやすそうな薄着。これだ！　と思った。すました顔をしながら、彼女たちを心の中で待ちぶせして、言ってみた。

「突然で、本当にごめんなさい。トイレをちょっと手伝ってもらえますか？」

そしたら、OK！してくれた。自己紹介でもしたかったが、それはあと。

「まず、Aさんが身体を支えてくれている間に、Bさんはスカートを持ち上げて、ガードルを脱がせた後におむつをちぎってくれるかな。そしたら次は……」

動作のひとつひとつをていねいに説明して、なんとか無事完了。お礼を言って、彼のもとへと連れて行ってもらうと、状況を察したのだろう。「困ったら、言ってね」とポツリ一言。その気持ちだけで十分うれしかった。いろんなことを我慢しないでほしい。このときの作戦は、どうやら違う方向へと走ってしまったが……。

このことがあってから、人がいる場所にさえいれば、大丈夫だと気持ちを大きくもてるようになった。安心した環境があるだけで、さらに楽しく食べたり飲んだりできるようにもなった。

●デートのじゃまもの——都会のバリア

〝人生なんて、なんとかなる。考えすぎても、先へはいけない。大きくかまえてさえいれば、なんとでもなっちゃうもんだ！〟

デートは、そんなことまで教えてくれた。目的をもたずに車を走らせる、あてなしドライブ。波打ちぎわに穴を掘って、ハラハラドキドキ、海バーベQ。妹を誘って日帰り小旅行で、離れ島海水浴。大きな青い空の下にいるだけでも、開放的な気分になれた。気持ちが大きくなり、もうどうにでもなっちゃえという前向きな開き直りや、あきらめが、物事を解決へと導いてくれる。自然とは、こんなにも仲良く遊べた。最低限のものしかない環

境では、自分たちで楽しみを見つけられれば、それだけでOK。だけど、同じ遊ぶことなのに、都会で気持ちを開放的にするには、無理しなければならないことがありすぎて……。

「じゃぁ、来週の土曜日は、映画を観てから美味しいものを食べに行こう」と、別れ間際にいつもの約束。ウキウキ気分で帰り道、『Ｔｏｋｙｏ－Ｗａｌｋｅｒ』や『ぴあ』を買っては、話題沸騰の映画情報、バカウマすぎて誰にも教えたくない店ランキングと、念入りにチェックする。ここまでは普通の彼女もよくすること。特別編はここからだ。

観たい映画を決めた後、それを上映中のすべての映画館に〝バリアフリー・チェック〟を開始して、比較研究するのである。小さく書かれている電話番号にコール。

「場所は地下1階と書いてありましたが、エレベーターはありますか？」

「申し訳ありませんが、階段のみでございます」という返事が返ってくると、「車イスで行ったら、階段の上り下りを手伝っていただける人はいますか？」とまで聞いておく。聞いておくだけで、知っているだけで、安心できる。常に、そのメモを持ち歩いていた。

安全で安心な環境を求めつつも、まちはそんなに優しくない。それは、建物だけにとどまらない。輝かしくも選ばれた〝トラブったリストＮｏ１〟は、駅で車イスのまま、普通の下りエスカレーターを利用させられたこと。恐かった。

以前は危険な思いを繰り返すたびに、必ず「駅員さんは乗ったことがないから、恐さがわからないんですよ」と熱くなっていたが、ひとりではなくなってから、穏やかに過ごしたいと思い始める。もう争うことはやめよう。楽しさが半減してしまう。だから、エレベーターがある車イス対応の駅をめぐりめぐって、かなりの遠まわりになっても、そのルートを選んだ。

やっと着いて、映画を観て、次は遅めのランチタイム。レストランも同じで、ニンニクの香りに誘われて、お昼はパスタにしようかと話し合っても、いい感じの店は悔しいくらいに地下が多い。それも、ただの一直線のゆとりある階段なんかじゃない。階段幅から考えても、車イスの両脇に人が入れるスペースなんてどこにもない。これがらせん階段になっていたりすると、もう最悪で、あきらめるしかない。悔しいけれど、誰にどう文句を言っていいのかもわからない。だから、いつだって、入りたい店というよりも、入れる店になってしまっていた。

5　越えられなかった壁

●期限なしの生活が始まった

いつ行きたくなるかわからないトイレ、バリアフルな環境。さまざまなハプニン

グは、〝これでもかあ！〟っていうくらい容赦なく襲ってくる。でも、負けてはいなかった。まちを歩き・遊び続けることで、物事を冷静に判断できる眼をもち始めていたし、いっしょにいられるだけで、他に望むものは何もない。これからもきっと立ちはだかってくるであろう出来事も、ふたりでだったら必ず乗り越えていけると信じていた。

デートは一瞬の夢みたいなもの。現実から逃避できた唯一のやすらぎ場所になっていたのかもしれない。ふたりで先のことばっかり夢中に語り合っては、幸せを想い描けていた時間。お互いがあえて「結婚」という言葉こそ出さなかったものの、それに向かって進んでいた。いっしょにいるときは、強く前だけを見ていたけれど……。

卒業して住む場所が離れてしまうと、突然いろんなことが不安になってしまった。両親と離れて2回目の今度の暮らしでは、学生時代の問題点（たとえば秘密の電話がかけられなかったことや、6畳1間に3人の共同生活に悪戦苦闘していたこと）をプラスに転化できるように改善した。24時間介護体制は安定しているし、生活に対する不満もなく楽しいけれど、ひとつだけ気になっていることがあった。それは、大学時代のように〝いつまでですよ〟っていう期限がないこと。あの奇跡に近い「誰かがいなければ明日が始められない暮らし」が続けられたのは、「あと何日だから」って数えられたから。でも、今の暮らしには終わりがない。永遠に続いていく。

だから!? 自問自答が始まる。

「ごく自然に好きだから、いっしょにいたいだけ。でも、もし結婚したら、毎日必ず帰ってくる人がいるから、ちょっと安心って思っていない？」

自分がわからなくなった。恐くなった。誰にも相談できず、一番大切な彼にさえ、何も伝えられなかった。

こんな気持ちが少しでもあったらフェアな関係ではないし、どんな状況に生きているにせよ、こう思ってしまった自分が許せなかった。

ただ好き、とにかく好きってだけ、思えたころに帰りたい。真っすぐに思うだけで、涙がこぼれたくらい夢中になれた、あのときに戻れるものなら戻りたい。

そんな希望とは裏腹に、重なるときはいろんなことが一気にやってくる。

●いつかは言われると思っていたこと

母のあの言葉を憎み続けていたことを反省した。あの言葉がずっと身体にしみついていたから、緩和されたのかもしれない。受けとめられたのかもしれない。

強力なパンチで、完全なるKO負けの、ノックアウト状態。ある日、決定的ダメージをくらってしまった。〝いつかは言われる〟と心がまえができていたつもりでいたのに、突然やってきたこの出来事は、想像を絶するくらいに辛かった。彼が不在のとき、電話したことがきっかけになって……。

受話器から静かに聞こえてくる言葉は、まるで手元に箇条書きのメモでもあるかのように、シビアながらも淡々と語られていった。

「あなたが直子ちゃん？

うちの子をそっとしておいてあげてほしいの。別れてくれないかしら。

親戚にも相談したけど、結婚なんて絶対に認められないわ。

あなたの身体で、子どもが産めるの？　もし産めたとしても、育てていけるの？

うちの子は長男だから……

ごめんなさいね。もう、手紙も電話もやめてちょうだい。お願いよ」

「それだけは、できません」

その一言を伝えるだけで、精一杯。想いを言葉に変えて返答してしまったら、自分が壊れてしまいそうで、ずっと黙って聞くことしかできなかった。

もし彼の母の立場だったら、息子を愛するあまり他のものを見る余裕をもてずに、同じことを言ってしまっていたかもしれない。そう思ったら、せつなかった。どうすることもできない自分を憎み、どうして彼を好きになってしまったんだろうとさえ思った。黙って告げられていく言葉を聞きながら、涙があふれて止まらない。

初めて命を終わらせたいと思った。生きていることが急に嫌になって、元気に生きていたって、みんなの迷惑にしかならないんだな……と自分を責めた。真夜中になっているの

に、時間の経過が感じられない。止まっていた。電動車イスでフラフラと「コンビニまで行ってくる」とウソをついて、夜中の散歩に出かけた。車に轢かれに行こうとしたことを察したのか、妹が自転車でキーキーと油切れの嫌な音をたてながら、バレバレな尾行をしてくる。

「どこに行くんですか？　そんなことで負けちゃ、ダメですよ」

背後から聞こえてくる小声ながら喝のある言葉を聞こえないフリして、ポロポロ泣いた。妹と一定距離を保ちながら、住み慣れたまちをひたすら回遊して、歩き疲れて家に帰った。その日の晩、妹は眠るまでずっと手をつないでいてくれた。

●夜中のトイレ

変えざるを得ない要因があまりにも多すぎた。そして、それをひとりで解決しようとしてしまった。今思えば取り越し苦労だったのかもしれないけど、好きな人にはやっぱり幸せになってほしい。勝手にそれぞれの道を歩んでいく決心をしたきっかけは、夜中のトイレだ。

もし結婚していっしょに暮らし始めたら、今みたいに毎日違う人とは過ごさなくなるだろう。彼が仕事に疲れて帰ってきて、夜は身体を休ませなければならないのに、寝た後おしっこがしたくなるたびに起きてもらっていたら、ゆっくり休めないだろうな。だからといって、寝るときまでおむつを着けたくないし……。そう考えたら、好きだから、この先もずっといっしょにいたいとは思えなくなってしまった。

毎晩熟睡しているボランティアの彼女たちの寝顔を見ながら、おしっこがしたくなって起こすたびに、その決心は固いものになっていく。

●今度は「好き」って言おう

結局、強くなれなかった。毎日続いていくこれからの人生を、もう一度ひとりでゆっくり考えてみたくなった。起こり来るひとつひとつの出来事から、目をそらさずに、きちんと向き合いたかった。ひとりだけで。自分のこともちゃんとできないのに……。それを見ようとしていなかったことを深く反省した。

今の生活環境にも、甘えすぎているのかもしれない。人と同じようになんて思わないで、自分のスタイル見つけなくちゃね。

もし、また誰かを好きになれたら、「好き」って団子っ鼻にしわをいっぱい寄せた最高の笑顔で、堂々と言える自分でありたい。確かに、歩ける人よりも、面倒なことやハプニングも多いけど、それはそれで人生を2倍楽しめるかもしれないからいいじゃないって思えるようになろっと。超ラッキーでファンキーな人生を送れる可能性は十二分にもっていると、思っているから。

初めて真剣に愛した人。無理したり、飾らなくてもそのままでいられた人。それぞれの道を歩むことになってしまったけど、真剣に結婚したいと思った人。いっしょに生きていく道は選べなかったけど、ずっと大切な人であることに変わりはない。

いっぱいのありがとうを贈りたい。

6　もっと自由に生きよう

「あなたの夢は何ですか？」と聞かれたら、

「本当のひとり暮らしです」と答えたい。

やっぱり今の目標は、ひとりで暮らすこと。31年間じっくり培ってきた生活上のノウハウを集約し、分析して、新しい暮らしを始めたい。おしっこができなくたって、フルーツがいっぱいのっているプリンが一人で買いに行けなくたって、一日のうちの数時間なら、ひとりの時間をつくれる方法が見つけられるはず。いや、絶対にできるって信じている。

身体機能回復のみの解決策は不可能かもしれない。でも、生活のなかにたくさんのアイデアを盛り込んだり、使いやすさを追求したデザインをしたり、補いきれないマンパワーに関しては地域の人とのネットワークづくりを核にしながらだったら、きっとできる。

人は必ず誰だって、支え合って生きている。そうしなければ生きていけないのに、自分の力だけで生きているという錯覚をしてしまう。あの日、母が病に倒れていなかったら、とんでもない過ちを引きずっていたかもしれない。あるものは与え、ないものは支え、補い合いながら、生きていけばいい。そう、思う。

そのうえで、もっと、自由に生きていこう。人の顔色を見ながら気持ちをコントロールしたり、遠慮するのは、もうやめよう。人生なんて一度きりだ。とことん楽しまなきゃ、損しちゃいそうだ。与えられた障害を超えられると、自分を信じよう。自己に秘められている可能性を、もっともっと引っ張り出していこおっと。

ラブ・レター

おとうちゃん。

おかあちゃん。

ふたりに、こうして手紙を書くのは、初めてですね。

ちょっと照れちゃうけど、いつしかお嫁さんになる前夜に、正座して話したいと思っていたこと。

そんな日が来るかわからないから、今日ここに言葉にするね。

この世に、そしてこの時代に、命を与えてくれて、ありがとう。

おとうちゃんとおかあちゃんの子どもで、よかったよ。

今回の人生は、ハードメニューだったけれど、
こうして生まれてきたことは、きっと意味があるんだよね。

いつも一番近くにいてくれたから、なんとかここまで歩いてこられました。

ありがとうって言っても言っても、もっと伝えたいくらいの思いです。

あなたたちの育てっぷりには、本当に脱帽です。

おとうちゃんの体形にも表れている、そのゆったりとした愛情は、

いつでも甘えられる、帰れる場所で、
おかあちゃんのきびきびとしたそのシャープな行動のひとつひとつからは、
現実社会に負けないで、というメッセージを感じていました。

おかげさまで、気が強く、動きだしたら止まらないきかん坊になっちゃったけど、
いいんですよね、これで。

これからも走り続けるので、ちゃんと見ていてください。

かなり危なっかしいので、目を逸らさないでください。

そして走り疲れたら、ちょっとだけ休ませてください。

これは、あなたたちの直子からのお願いです。

あとは、とにかく元気でいてください。

お互い、生きることをこの世に許されている時間を、とことん楽しもうね。

そして、今回の人生修業が終わって、またいつか家族になれたら、親子を逆転してみようね。

次の人生にまで、楽しみを与えてくれる家族に生まれて、ほんと、よかったよ。

ありがとう。

娘・直子

小島直子という存在――あとがきにかえて

私は、ナオコを知って10年になるが、ひそかに彼女の存在をこう仮説している。

「あれは、とうてい地球人ではない。発想から、やることなすことすべてが、尋常ではない。地球次元の常識というものを逸脱しているのだ。では、彼女の正体は何か。おそらく、地球外生物ETの一種であろう。その種の本によると、地球には、すでに多くの宇宙人が何気ない顔をして、地球人を装いながら暮らしているという。直子はそれだ。それにちがいない。ふつう、それらは地球人らしく見せるために、好みの人間型着ぐるみをまとう。だが、ナオコは重大なシークレット・ミッションを遂行するため、四肢ハンディ型着ぐるみを選んだ」

地球上の近代という歴史の一幕を滞りなく閉じさせるためにであろうか、四肢ハンディ型着ぐるみをかぶった人たちが、近ごろ元気だ。まぶしいまでに、輝いている。「五体満足」なおとなも子どもも、「生きる」という根源的なレベルで変調をきたし、うつろな目をして、自分が生きているのか死んでいるのかさえわからないでいるというのに…。

近代地球人の生きる様は、宇宙のまなざしからすれば、よほど滑稽に映るのであろう。彼らのミッションは、まさに「身」をもって近代の価値からズレることで、地球人に、その滑稽さを知らせるというもの。こうでもしなければ、時代は次へ進まない。

冒頭よりトンだ発言を、お許し願いたい。しかし、大まじめで「小島直子という存在」の解釈を試みていたら、こんな物語ができあがってしまったのだ。

彼女との出会いは、ナオコが一人暮らしの大冒険を始めた大学だった。私はパート講師として、「地域福祉の専門ゼミ」を担当していた。ある日、ゼミ生の一人が訴えた。

「せっかく合格したにもかかわらず、生活支援体制が整わないばかりに、自宅待機を余儀なくされている全身性障害を持つ学友がいます。学障会で、ショート・ステイを試みたり可能性を模索中です。日本で一、二を誇るバリア・フリー・キャンパスを持つこの大学で、彼女が学べなかったら、ここにいる私たちの恥だと思う」

私たちは、社会福祉の援助方法として地域へのアプローチを議論していたところだった。住民の無理解・偏見、排除の構造に、若者らしいイノセントな正義感で憤慨し、解決への課題を整理していた。そのゼミ生は、この集団なら受けとめてもらえると判断したのか、机上の議論にいらだちを覚えたのかはわからないが、ともかく「住民」を「私たち」に置き換える提起をしたのである。

ゼミ生たちは、「小島直子の学生生活の支援システムづくり」を、ゼミの共同プロジェクトとして立ち上げる。そして、単に介護ボランティアに入るだけでなく、ナオコの生活構造と地域資源のアクセス調査を当事者調査支援という形で申し出た。ナオコは、「加納ゼミの特別ゼミ生」として、招かれることになる。

ゼミ生からのアプローチと同時に、私も担当教員としてこの提案を電話で話した。そして、こう付け加えた。

「私も、障害を持ちながら、結婚し、子を産み育て、働き続けている女性の一人です。女性障害者の抱える問題は、男性障害者のそれとはずいぶん違います。小島さんはこれから親元を離れて学生生活を始め、一人のおとなの女性として多くのことを経験していくわけだけど、いろんなコトを語り合えるお友達になれたら素敵ですね」

ナオコは、あのよく通る声で、はっきりと言った。

「先生のおっしゃるとおりだと、これまでの人生で感じてきました。これから、よろしくお願いします」

こうして、私たちのフレンドシップは始まった。やんちゃなところや生意気なところ、はたまた当時の障害者福祉論のパターナリスティックな「フクシくささ」へのアレルギーなど、妙に感性が響きあう。13歳も違うのに、私はナオコから多くのコトを学んだし、疲れたときには明日へのエネルギーを与えてもらった。

反対に、ナオコからの夜中の電話では、多くを語らなくても、「今」のつらさが伝わってきた。将来が見えなくて、不安で不安で眠れない夜、恋も仕事も勉強も、思うようにいかなくて泣きそうな日、それでも、君は、意地でもそこから逃げようとせず、むしろ自分の存在そのものを投げ入れて、また浮上してくる。そのときの君は、前よりいっそう大きく、強く、美しく成長していて、同性の私から見てもドキドキするくらい輝いていた。

住まいの距離はあっても、とてもインティミット（親密）な関係性はもう10年以上になる。ナオコの人生の三分の一をライブでつきあっているのだから、けっこう彼女のことは知っているつもりでいた。生い立ちだって、本人からはもちろん、大好きなお母さんやおしゃれな妹さんからいっぱい聞いていた。ところが、このたび「あとがきを書くのは加納先生の任務です」との指令が下って原稿を渡され、愕然とした。知らないことばかりなのだ。

「へー、こんなコトがあったんだ、あのころ」

「泊めてもらった、ハイセンスなハーモニー御殿での工夫は、こういうコンセプトと仕組みだったのか」

どこを読んでも面白くて、タメになる。いやぁ、まいった、まいった、ナオコには……。

私が読んでも新鮮で面白いのだから、きっと、たくさんの人がいろんなコトを感じ取って読んでくれるにちがいない。とくに、障害のあるなしにかかわらず、若い女の子たちにはぜひ読んでもらいたい。

「女が元気な時代」とマスコミが言うほど、生きやすくはなっていない。女子大生の就職氷河期状況ひとつとっても、しかりであろう。たとえ、就職先にありつけたとしても、セクハラ・昇進差別、プライベートライフの恋の行方…と難題が続けば、自分の人生の主役を演じることに疲れ、つい他力に身を委ねたくなる。

気持ちはわかる、とっても。でも、ひとたび、自分以外の人間に自分の権限を委譲し始めると、際限がない。自分の存在が、他者をとおしてしか見えなくなってしまう。

そんな気弱になったとき、ナオコの本を開いてみるといい。ADL（身辺自立度）的には最重度に分類されてしまう、一見、自分の権限を全部委譲しているかのようなナオコが、みごとに近代の自立概念（「自分のことは自分でしよう！」というリハビリの目標みたいな）を超えて、自他のハーモニアスなケア関係をのびやかに、日々楽しんでいる様子が、伝わってくる。介護に入る友達が、ケアを提供しながら、同時にナオコから元気の素をもらって帰っていくように。

「こうした自立もアリなんだよ。自分の人生からオリさえしなければ、そして社会の固定観念にとらわれさえしなければ、何とかなるモンだよ。現に、これまで、とりあえず何とかして、今にたどり着いてるわけだから」と…。

みんなも、この本をとおしてナオコの生き方――ヤバイときこそ逃げ出さずに、自分の全存在を賭けてみる――を「写し鏡」に、自分の生きる姿を写すといい。不思議な宇宙からのパワーを吸収して、明日から、顔の角度をすこし上に向けて、のびやかに自分を試していけるようになるかもしれない。「どうせ、私なんか」という常套句を、ごみ箱にポイして。だって、話したでしょ、ナオコは「宇宙人」。

関西大学社会学部教授　加納恵子

〈執筆者紹介〉

小島直子（こじま・なおこ）

1968年　東京都生まれ。
　出生時における酸素不足により、脳性小児マヒとなる。移動、更衣、排泄、入浴などに介護が必要。両親と離れて療育園で機能回復訓練を受けながら、養護学校へ通っていたが、小学校２年生で普通学校へ転校。

1993年　日本福祉大学社会福祉学部社会福祉学科卒業。
　卒業後に建築を学び、フリーランスとして執筆・講演活動を行う。

2003年　ダスキン障害者リーダー育成研修でフィンランドの職業訓練校に在籍し、障害者・高齢者の福祉施設のバリアフリー点検調査を行う。

2004年～　バリアフリーコンサルタントとして、障害のある人の住まい、バリアフリー、ユニバーサルデザイン、インクルーシブデザインなどの調査研究、執筆、講師・講演、バリアフリー住宅設計業務、コンサルタント活動を行う。

2011年　東京工業大学大学院社会理工学研究科社会工学専攻博士後期課程入学。

共著＝『バリアフリー住まいをつくる物語』三輪書店、2005年。『Rooms for Care――からだとこころのケアデザイン』JID、2009年。

口からうんちが出るように
手術してください

二〇〇〇年　五月一五日　初版発行
二〇一三年　九月一〇日　四刷発行

著　者　小島直子

発行者　大江正章
発行所　コモンズ
東京都新宿区下落合一—五—一〇—一〇〇二
TEL〇三（五三八六）六九七二
FAX〇三（五三八六）六九四五
振替　〇〇一一〇—五—四〇〇一二〇
info@commonsonline.co.jp

印刷・製本／加藤文明社
乱丁・落丁はお取り替えいたします。
ISBN 978-4-906640-30-0 C0095